此花此叶

马平 著

四川人民出版社

图书在版编目（CIP）数据

此花此叶 / 马平著. -- 成都：四川人民出版社，2025. 1. -- ISBN 978-7-220-13972-7

Ⅰ. I267

中国国家版本馆CIP数据核字第2024KG6045号

CI HUA CI YE

此花此叶

马平 著

组稿策划	王其进
责任编辑	彭梓君　彭　炜
封面设计	张　科
内文设计	张迪茗
责任印制	祝　健
出版发行	四川人民出版社（成都三色路238号）
网　　址	http://www.scpph.com
E-mail	scrmcbs@sina.com
新浪微博	@四川人民出版社
微信公众号	四川人民出版社
发行部业务电话	（028）86361653　86361656
防盗版举报电话	（028）86361653
制　　版	成都编悦文化传播有限公司
印　　刷	成都市东辰印艺科技有限公司
成品尺寸	130mm×185mm
印　　张	7.75
字　　数	120千
版　　次	2025年1月第1版
印　　次	2025年1月第1次印刷
书　　号	ISBN 978-7-220-13972-7
定　　价	68.00元

■ 版权所有·侵权必究

本书若出现印装质量问题，请与我社发行部联系调换

电话：（028）86361656

此花此叶，何花何叶？
此花此叶，花花叶叶。

自序

此花此叶

我写《雪梨花》时,自然不会想到,二十几年以后,我会把它改写一遍。早年,它可是不时被人拿来举例,以谬赞我的散文。我的散文不多,前几年推出的《我的语文》一书只收录了四篇,《雪梨花》因篇幅短小没有入选。前年春天,我又筹划推出一本散文集,却在审视第一篇时就泄了气,而它正是《雪梨花》。

鲁迅先生在他的《集外集》序言里说:"中国的好作家是大抵'悔其少作'的,他在自定集子的时候,就将少年时代的作品尽力删除,或者简直全部烧掉。"我可不敢冒充这个"好作家",也不想附会这个"悔其少作"。我写《雪梨花》时已经三十好几，都借它来追忆"少年时代"了。它并不是我的第一篇散文，它之前那些习作，我都不好意思再提起来。这一回，它倒是让我看清，我当年顶着一个"青年作家"头衔，却原来并没有脱开一个"少"，也就是并没有脱开一个"嫩"。

它是晚开的花，就让它"嫩"一点吧。

但是，《旧茶与新茶》，也一股脑儿成了"旧"茶。还有《树上的月亮》，怎么看都是一个"嫩"月亮。

我没有多想，就把这三篇"少作"都改了一遍。我不能让树上换上一个月亮，却能让月下倒下几棵老树。我让旧茶整旧如旧，再掺入一点新茶。我在眼前的春天里为雪梨花添枝加叶，而让它的开放，仍旧发生在从前的春天里。

本来，雪梨树就是先开花后长叶。

三篇散文重新发表，《雪梨花》既上选刊又入选本，所获赞词好像依然要多一些。而在另一边，"少作"又被我筛出不少，我却没有了"炒剩饭"的兴致，新书计划只好搁置起来。我宁愿相信这是虚荣或矫情在作怪，而不愿相信，如今的我可以给从前的我做起师傅来了。我是说，无论面对读者还是面对镜子，我都更愿意是从前的那个自己。

转眼又是一年。去年元宵节，我在白天答应了为一张报纸开一个专栏，在夜里去看了打铁花，专栏正缺个名字，"花非花"送上门来。接下来，《铁花》《灯花》《窗花》《稻花》次第推出，从春到秋。

"冬天快到来时，我想到了雪梨花。"

二十几年以前写下的这个句子，在今天写出来依然是真实的，这就像我并不是一有寒意就想到家乡，也是真实的一样。《雪梨花》再次打头，旧作新作左搀右扶，前呼后应，很快就聚在了一目了然的"目录"里。而那严慈有别的两个声音，被雪梨花会同其他的花烘托而出，居高至上。

"此花此叶长相映，翠减红衰愁杀人。"

这是唐朝诗人李商隐赠予荷花与荷叶的诗句。这一份花叶关系，堪称绝配和典范，却也一样会破败凋残。我的这些花这些叶，尽管有"减"有"衰"，尽管荒疏寒碜，却也一样会"长相映"，一样会"任天真"。

此花此叶，何花何叶？

此花此叶，花花叶叶。

此时此刻，我又想到了一棵山茶。那棵盆栽的山茶，几年前被我采买回家，摆放在书房窗台。每年深秋开始，它都会爆出很多骨朵，能够绽开碗状花朵的却不多，并且逐年减少。它的叶子又厚又硬，渐渐也失去了光泽，竟然和骨朵竞赛起来，看谁掉落得最快。我知道，它最需要的怜惜和体恤是让它回到地气中去，就叫经营花木的一个年轻人来把它领走了。山茶，它那光秃秃的枝杈，要是还能长出密匝匝的叶子，那么，它就一定还能爆出布艺一样的骨朵，并能如期打开丝绸一样的花瓣。

此时此刻，窗外阳光灿烂。一个诗人说，大地，是从人身上飘下的一片叶子。我自己，却好像还是一个骨朵，不知错过了多少季节，依然还在渴望打开……

目录

草树 —————— 102
还乡的树 ———— 122

朗声 —————— 001
和声 —————— 026

树上的月亮 ——— 128
湖上的月亮 ——— 136

雪梨花 ————— 054
铁花 —————— 062
灯花 —————— 072
窗花 —————— 082
稻花 —————— 092

旧茶与新茶 ——— 144
雪后的茶 ————— 152

戏楼 —————— 160
农家渔网 ———— 168
两个名字 ———— 176

闪光 —————— 207
书签上的灰尘 —— 212
上下左右的对话 — 220

急缓之间 ———— 184
绿叶上的白鹤 —— 192
成都的黄昏 ——— 200

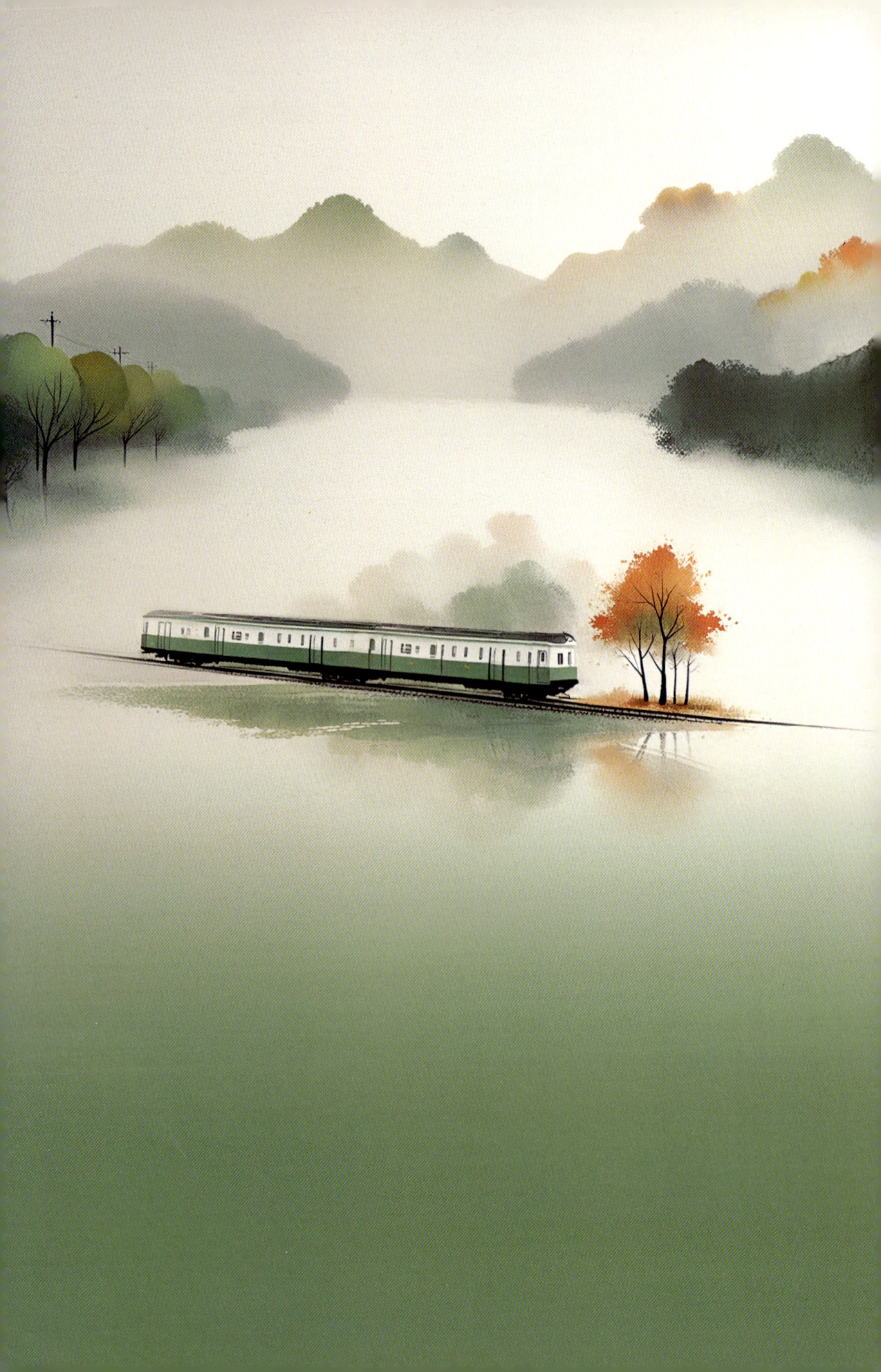

朗声

火车在中途一个小站停下来,
我透过紧闭的车窗向外望着。
除了父亲,其余都是陌生。
那些陌生的人影,那些陌生的山影,
成了我身外世界的一个缩影。

我在父亲的喊声中醒过来，四周一片漆黑。我坐起来，在手机上看看时间，天还要等一会儿才亮。我在前一天回到乡下老家，住在楼上。父亲住在楼下，他已经八十六岁，卧病在床，嗓门却还是那样洪亮。他喊的是我的二妹，没有喊我。那会儿，他是清醒的，我却糊涂了，竟然没有赶紧下床，到窗口去答应一声。二妹答应了，他的声音就降下来。

对我来说，那是父亲最后的喊声。那以后他可能还喊过，但是，我已经离开老家，听不到了。

那是鸡年冬天。没过多久，父亲离开了人世。

鸡年入秋以后，父亲的病情每况愈下，我却相信他能够熬过去。我有那个信心，多半是受了他那一辈子没变的大嗓门的鼓舞。

过后才回想起来，前几次回家，我都没有听见过父亲清嗓子的声音。那可是他力量的标识，意志的宣示。他把清一次嗓子分成了三声喊，第一声高亢，第二声低回，第三声嘹亮。那高起高收的三部曲，几十年下来，已经和普通的咳嗽声混淆了。

父亲身材高大，体魄魁梧，加之他一生相信书本，相信电视上的养生节目一类，尽管到了晚年常生病痛，但他凭着医疗，也凭着照本宣科的自理，总能对付过去。他在乡下老家，我在都市，单从电话里听，我都觉得他并没有老。

他却是早就老了。他的步态，他的口味，他的谈吐，他的起坐，都老了。

唯有他的喊声，还是那样亮堂，那样专断，那样斩钉截铁，那样刻不容缓。

父亲已经形容枯槁，让我真正认识了生命的残酷。我听了他那一如既往的喊声之后，也并不是一味往好处想，只不过相信他至少能够熬过那个冬天。

父亲躺在那儿，无论怎样喊他都不会答应了。我在他面前跪下来，泣不成声。

我们兄弟三人，说话的声音都近似父亲。

我们兄弟姊妹五人，却是从小都怕父亲，尤其怕他的大嗓门。

父亲早年参加土改，然后做了公办教师，直到退休。一个夸张的说法是，站在山顶，都能听见他在山腰讲课的声音。

朗声　　003

我从小瘦弱多病，常常在半夜尖叫不止。我大睁着眼睛，看见自己悬挂在山崖上，听见全家人在一齐喊我。父亲的喊声总是最大，一声比一声急，就像从山腰升上来。我一声接一声答应着，直到摆脱惊悸，摆脱梦魇，平稳落地，安静下来。

不知是我几岁的时候，父亲和母亲带着我去外婆家过年，然后去古城阆中为我看病。我们本来已经坐船过了嘉陵江，而去阆中还得在下游坐船再过一次嘉陵江。我从江心的木船上望过去，一座城越过树木和竹林扑面而来，江水一晃就从眼前消失。我苏醒的时候，父亲已经抱着我冲进了城里的大医院，楼梯和木栏杆正在我的眼前飞快旋转。

我在昏迷之前听见了父亲的喊声，而在苏醒之后，他的喊声还在，声声告急。

江心到岸边那一段喊波翻浪滚，岸边到医院那一路喊风乱云飞。

我还听见了母亲的喊声。父亲抱着我一路飞奔，母亲也一步没有落下，边哭边喊。

一把长胡子的老中医为我把了脉，然后毫不犹豫地宣布，此小儿患有严重的心脏病。

那个时候患那个病，就等于是宣告了我即将夭折。

返家途中，我们又去了三家医院，医生却给了一致的结论：这个孩子没那个病。

或许，我那颗小心脏本来有病，但已经被父亲和母亲共同的喊声祛除。我并不知道他们当时喊的是什么，我想，那应该是一个又一个喝退："不准！不准……"

父亲在我童年记忆里留下来的那些喊声，大都是那两个字："不准！"

但是，父亲并不是任何时候都放开嗓门在说话。即便严令我们不准耍火、不准骂人、不准乱写乱画等，他都有可能压低声音。

哥哥在小时候生了有可能传染的病，父亲要我们保持距离，不准靠近。我却是把那个声色俱厉的命令当成了耳边风，很快就蹭到了哥哥身边。父亲立即将我捉过去，然后，他在板凳上坐下来，把我摁上他的大腿。祖母和母亲把我救下，我哭着向她们控诉父亲的大巴掌，父亲竟然一声未吭。

父亲在离家二三十公里的外地任教，到了周末或假期才会回家。他还在步行回家途中，我们做儿女的无论大小，说话的声音都会小起来。他到家了，水缸总是已经见底，他会立即挑起水桶向水井走去。他挑着一担水的样子，和他挑着空桶差不多。他挺着腰板，迈着大步，却不见有水浪出来。而他不在家的时候，哥哥和我抬回家的水，往往只剩大半桶。他在离家之前，还会把水缸挑满。

父亲在家里坐了下来。我们兄弟姊妹都怕被他喊一声，都会蹑手蹑脚从他坐的地方绕过去。我们当中最小的是弟弟，父亲对他有了一个例外，以他的名义给大哥二哥大姐二姐分别取了一个外号。事实上，父亲以他特有的方式，把他的五个儿女一一关照到了。那时候，他的声音一点不高，就像是在唱歌或者念诗。他抓住了我们各自的弱点，儿子以嘴巴命名，女儿以胖瘦命名。我们都像获得了赏赐一般，互相乱叫起来，他也不管。

父亲并不是只管对我们发号施令，他会时不时给我们讲一个故事。我从有记忆起，就听到他讲他打"鬼"的故事。一天，天还没亮，他就背上一个装着面条的背篓，打着一支亮光微弱的手电筒，从任教的学校往家里赶。他却是动身过早，在一条小路上把一个夜越走越深。小路穿过一片坟地，坟头在路边一字排开，"鬼"

就在那儿出现了,先撒了几把土,然后发出长长的啸叫。他倒是要看看,鬼究竟长一副什么模样,索性让背篓坐上一个坟头,他自己点上了一支烟。又一把土撒过来的时候,他突然转身,跟"鬼"打了个照面。他顺手抓起一个小石头打了过去,并发出了一声喊……

父亲当了半辈子"孩子王",却并不是讲故事的高手。他并没有压低一点声音,增添一点恐怖气氛。他把这个故事一直讲到我翻过了五十岁,结局当然还是那样,他借着手电筒若有若无的亮光看见,一只野兔子正在坡上打洞,把前脚掏出的土用后脚蹬了过来。

我们兄弟姊妹都是听着这个故事长大的,在不同的年龄段上懂事地分享着父亲的英雄气概。后来,我们心中大概都有了各自的"鬼",就不再像从前那样迎合他了。他显然已经看了出来,却并不愿意草草收场。

每一回,母亲都会故意表现出她的不屑:"悄悄的,看把鬼招来了!"

我会把这个故事讲给我的儿孙听,直到讲成一个传家宝。我不会模仿父亲的大嗓门,但我会把他打"鬼"时那一声喊拔高,尽量接近他的音量。我大概还会给那个夜晚添加一点寒意,添加一点月色,因为那天是祖母的生日，农历冬月十四。

我大概是受了父亲英雄气概的感染，还没有上学读书，就远山远水地向他跑了过去。

那是一个上午，我看见一辆拖拉机在公路上爬坡，立即跑回家，抓起一只灰色帆布包，给母亲丢下一句话，就一溜烟跑开了。

"我去找爸爸！"

拖拉机的轰鸣声很快就听不见了。我沿着公路向前追，我知道，父亲任教的学校就在前方。我从一个垭口走到另一个垭口，前无挡将，后无追兵。我背着出门远行的人那必不可少的包，一路虚构着父亲和我见面的情景。我步行三个多小时，终于到达目的地。

那是一个三岔口，父亲正和他的同事打篮球。我老远就看见了他那奔跑的高大身影，也老早就听到了他那喊叫的洪亮声音。我大叫"爸爸"，稚嫩的喊声盖过全场。篮球暂停，父亲跑下来，大家都以为我们家出什么事了。我对父亲说"我来看您"，让他看的却是一只空包。他不再上场，领着我回到住处，没有追问，没有斥责，也没有什么提醒。已经过了午饭时间，他为我煮了一碗面条。然后,他为我拦了一辆拖拉机,让我赶紧回家。

我好像佩戴着父亲颁发的一枚勋章,和拖拉机一起完成了一次凯旋。

祖母一双小脚追不上我,母亲在生产队劳动,哪有闲工夫追我。回家以后,我也并没有认真听她们轮番对我吵了些什么,因为我已经长大了。

我和父亲一起远行,却是我参加工作以后的事了。那一年,他五十三岁,我二十三岁。父亲的健康状况出了一点小问题,我动员他到成都看病。他早年到过成都,我自己也想让他来做向导,到大城市开开眼界。我们先坐汽车,然后坐上了火车。火车在中途一个小站停下来,我透过紧闭的车窗向外望着。除了父亲,其余都是陌生。那些陌生的人影,那些陌生的山影,成了我身外世界的一个缩影。

我说:"爸爸您看,谁认得我们?"

父亲望着窗外沉默一阵,对我说了一句话。他上火车以后声音一直很小,因为无论多大的嗓门,都盖不过车轮滚滚。他说的每一个字我却都听清楚了:"这不过也是个小地方,不是什么大地方。"

那不过是一句家常话，对我的触动却非同小可。火车重新启动的时候，我想，人不能只看着眼前，要一直往前走。眼前没有人认识你并不要紧，翻过一座山还是没有人认识你照样不要紧，你如果能够翻过一千座山，说不定就有人认识你了。

人家会说，看，这就是翻过一千座山的那个人！

现在，高铁依旧经过那个小站，但列车一般不会为它停下来。但是，哪怕只是在一晃而过的时候看它一眼，哪怕只是无意间触碰一下它的名字，我都会想起父亲和我那一回的共同穿越。我从山旮旯一步步走向大平原，那个小站成了重要一站。父亲领着我穿山越岭，让我在那儿有了一个明白，世界是那样大，却又是那样小。

我并没有什么像样的千山之行，却也经历了一次瘫痪，外加一场失学，一步一步走了过来。

我在十岁时全身瘫痪，被诊为小儿麻痹。近年有专家告诉我，那很可能是一次中毒，要不怎么会在几个月后奇迹一般站立起来，并且恢复得那样好。

我的学习成绩因病受损，父亲把我带到了外地，让我做了他的学生。那漫长的两个学期，成了我少年时代最不开心的日子。父亲已经调离那个三岔口，在离家更远一点的村小任教。我们一起步行回家，我那还在恢复中的双腿怎么能够赶得上他。他在前面大步生风地给我做着示范，然后远远地停下来，大喊着让我走快一点。他那是要让我受到锻炼，但我在当时并不能理解，对他的铁石心肠多有怨气。

捱过了那一年，我又转回老家上了一年小学，然后上了初中。我的健康完全恢复，既能唱歌又能跳舞。当时突然兴起"讲故事"之风，我成为学校"讲故事"的学生代表，给外地来观摩的教师团队讲一个忆苦思甜的故事。父亲当时也来了，坐在台下格外引人注目。我还没有把故事讲到高潮部分，就看见他哭了。

父亲不停地用手帕抹着眼睛，好一阵都没有抬头。

当时我以为，要么是那个旧社会的故事太惨了，要么是我讲得太好了。晓事以后，尤其是在我自己做了父亲以后，我才知道，我那是看到了父亲多愁善感的一面。那会儿，他就像一个或感动或委屈的学生，旁若无人，情不自已。

他那个哭，甚至可能是他想起了不能继续上学的长子。

哥哥没能获得推荐读上初中，母亲对父亲多有埋怨。身为教师，自己的孩子却进不了初中的门，父亲也一直顺不过那一口气。万事不求人是他的处事原则，他甚至不愿意为孩子读书去对人低声下气一次，但是，他在家里说话的声音都小了。

我上初中一帆风顺，但在推荐上高中时，我成了哥哥第二。

我只参加农业生产劳动几个月，招生考试就恢复了。我参加考试前一天，一个考生在考试点找到我，转交了父亲带给我的五元钱。他是父亲教过的一个学生，我问父亲带什么话没有，他说没有。母亲为我备足了盘缠，父亲那五元钱我一分也没有花。那是我此生得到的第一笔最大的钱。那会儿是冬天，父亲的钱揣在身上，如同一个爱抚的大巴掌，让我感到了贴身的温暖。

祖父在动荡岁月失踪，留下一团迷雾。父亲缺少父爱，这可能影响到了他自己表达父爱的态度，比如，他不会把关心、体贴一类的话挂在嘴边，他不会把他对我们的爱说出来。

祖母一手把她的三个孩子拉扯大，父亲深得母爱。祖母生过一场重病，一度昏迷。父亲当时就像一个孩子，他用哭腔一声一声喊"妈"，低得近乎耳语，却让老人睁开了眼睛。我从此留下一个印象，大人要是变成了孩子，就能够把行将离去的生命呼唤回来。

父亲喊他的五个孩子，却是一声比一声高。

父亲给我们买过的玩具，我如今能够记起来的只有乒乓球。没有球台，没有球拍，我们拿它当篮球来打当足球来踢，总会不小心踩上了它。要是踩出一个凹坑，清洗干净放进饭锅里煮一煮，它就会像汤圆一样鼓胀起来，照样可以成为脚踹手投的大球。要是踩破了，那它就只好彻底报废。无论哪种情形，都会受到父亲的高声斥责，并且警告不会再有。但是到了下回，那个跟屁虫一样的乒乓球，又会换了崭新的模样，跟着他蹦蹦跳跳回家来。

我识字渐多以后，一直希望父亲带回一本书来，却是一再失望。他微薄的工资要养家糊口，一分钱都要掰八瓣来花，书实在是奢侈品。再说，他任教的环境里不可能买到什么书。我上了初中，轮到全国"评《水浒》"了，他才带回来一套供批判用的《水浒传》。我

朗声　　013

如获至宝，在煤油灯下一气看完，那一场阅读经历成了我的成人礼。

父亲能够成为新社会的人民教师，全仗祖母笃定的信念，供他在旧社会上了学堂。但是，祖母却对她孙子一辈读书的大事老早就动摇了。父亲毕竟比祖母看得远，我们要是考试成绩不好，他会非常生气。我在学校唱歌跳舞出风头那一阵，数学成绩下降，我都不急，他却是上火了。

"读书无用？吃饭才无用！"

他这样喊。他是教师，不怕人听见这个。

我参加的那场招生考试，让我领到了师范学校的录取通知书，也让我们家移除了一个农业户口。我被拒在高中大门之外复又"金榜题名"，方圆几十公里都知道了。但是，父亲在回应别人道喜时声音一点不高，比平时都要低许多。

父亲和母亲在二十世纪五十年代结婚，那时候，父亲在母亲娘家那儿任教。后来，父亲辗转好几处学校，完小或者村小。他最后回到家门口的村小任教，吃住都在家里了。他心口如一的个性很容易招人嫉恨，但他穿越了那么多重要的历史关口，尽管也受到过一些审查和冲击，终归没有戴上什么帽子。

我认为，护佑父亲一路走过来的，关键一条，还是他的谨小慎微。他在从小就没有父亲保护的环境里成长起来，并且一直背着这个包袱，势单力薄，负重前行，自然不能一步踩虚。他在我的祖母的教育下成长起来，自然也在心里埋下了隐忍的种子。还有，我的母亲明事理而知轻重，也会或直接或间接地提醒他自保的要义，那就是，他的平安无事，就是全家的平安无事。

父亲一生没有享受过父爱，即便如此，谁也不会否认他的好福气。这，一方面是因为他有一个好母亲，一方面是因为他有一个好妻子。当然还有人把他的五个儿女也算在内，但这只能增加我们的愧疚，尤其是我的愧疚。

我们那个农家，当年有了父亲吃商品粮，总归在人前有了一点荣耀。母亲在生产队里无论怎样劳苦，所挣工分的结果都是"补社"，也就是给生产队倒贴钱。所以，父亲的工资主要用来填补生产队那个窟窿。祖母老了，还能自食其力。我们兄弟姊妹除了捡柴割草放牛，还不能在一个家里有什么大的作为，相反，不断张大之嘴要吃要喝，不断发育之身要穿要戴，而父亲和母亲居然都一一做到了。

父亲有大男子主义倾向，母亲早已习以为常。母亲一生对父亲说得最多的一句话是"悄悄的"，也就是小声一点。据我观察，此语一出，父亲不一定会停了说话，但是，他的嗓门多半会降下来。还有，母亲只要一生病，父亲的嗓门就会立即低下来，甚至柔和起来。父亲会亲自去请医生，因为他步子大省时间，并且能把他最信任的医生请到家来。他的朋友为数不多，差不多都是医生。

我还在市上工作的时候，一天，父亲和母亲来了。父亲的声音很小，还颤抖。我听见了，母亲在县上查出了癌症。接下来，我看见了，父亲的个子矮了下去。庆幸的是，很快就在市上医院查明，那是误诊。我发现，父亲的个子恢复了高大。不用说，他的嗓门也恢复了洪亮。

父亲和母亲难免斗气拌嘴。他们一生修过两回房子，却都保持了高度的默契。

那个伴我长大的老家，在我参加工作前就已拆除，一幢青瓦房随之在距它两百米处修建起来。那会儿，父亲还在外地教书，母亲也还在生产队出工，加之木料等等紧缺，再加之老屋已经不在，他们宿雨餐风，熬更守夜，难处之多可想而知。

三十年过去，父亲和母亲均已年逾七旬，而那幢青瓦房也老了。村里的小洋楼一幢接一幢冒出来，我们兄弟姊妹大都对那一片青瓦的落后和破败视而不见，一心只想着把他们接到城里生活。他们不顾年老体弱，坚持要在老家旁边修建小洋楼，见下一辈都无动于衷，竟然让那个浩大的工程静悄悄地破土动工了。我们如梦初醒，赶紧纷纷回家，出钱，出主意，研究图纸，圈定屋基。小洋楼紧挨青瓦房如期建成，那是父亲和母亲修建的一个大家，尽管我们各自都有了一个小家。

老家，新家，再老家，再新家。父亲和母亲，在一个不断变化着的山村里，以他们旧式的主张，实现了新式的作为。

父亲自始至终都是一个小学教师。作为教师，他被公认拿得起教鞭，而作为一家之主，他又被公认誉满乡里，所以，他被调到家门口任教以后，说话的声音有增无减。

父亲退休回家以后，农村已经实行大包干了，他并没有从此成为一个农民，也没有把退休干部的架子一直端着。他耕田耙地，他修枝剪叶，他喷药杀虫，他挖地，他戽水。总之，什么样的农活他都能拿上手。他下田下地却是有派头的，甚至是有排场的。比如，他要耕田了，就得有人把牛给他牵过去，把犁头给他扛过去，把茶杯给他端过去。不过，他的呵斥声响起来，什么样的牛都会老实起来。

父亲在家里的喊声，多半是因为扫帚随地倒卧，鸡和狗随地方便，他存放的东西被移了位置，等等等等。他把一个家当成了一个教学班，格外地行使着卫生委员的权力。

要是只让我用一个词来描述父亲，我会挑"工整"。

要是再让我换一个词，我会换上"讲究"。

父亲并不是一个冒失的人，一个粗枝大叶的人。相反，他是一个精细的人，一个井井有条的人。

小时候，我不止一次看见父亲使用针线。衣服破了，他不需要额外的布料，而是细针细线，把破了的地方织起来。他织出来的那一块方方正正，平平整整，看上去就像一个点缀，一个标签。那一份精致，曾经让我心仪，暗下决心要学了他的手艺，自己将来也好穿上那样的衣服。日子却是一天天走向了富足，我不再有穿补疤衣服的机会，再往下就是我一天天告别了年轻，就连把衣服故意戳破再穿的机会都不再有。

我用了半辈子，都没能把父亲的爱整洁学到手。我过日子的零乱，简直就是走到了他的反面，或者成了对他的反叛。我从小到大没少被他批"大少爷作风"，后来，他大概看出他的痛批并没有什么效果，索性放任不管了。

父亲一生奉行节约，却又喜欢精致。我们用粗糙的篾扇，他用精致的纸扇。他抽烟，香烟却都要从纸盒里取出来，排在一只精致的金属盒里。他曾经还用过一只精致的烟嘴。他不知有什么诀窍，用了再久的东西都完好如初。纸扇烟盒烟嘴就不说了，雨伞只要在他手上，好像没淋过雨也没晒过太阳一样。

我只能说，那些东西都好像怕他，不敢旧起来。

唯有一把二胡，长年挂在老家墙上，旧了。父亲会拉二胡，但让我们听到的机会不多。他大概是觉得他拉得不够好。但是，我从他指间滑出来的那些音符里，听出了他的精细和高雅。

我成年以后，父亲对我的训诫不多，如今能想起来的只有两次。

我还在乡下任教的时候，父亲看了报纸上一则报道，国家领导人关心失踪儿童。他说，国家领导人现在都亲自操心这些事了，就是好。我大概想在他面前显示一下自己的见识，更主要的，我觉得自己已经有了和他讨论问题的资格，并没有顺着他的话，反而说，国家领导人应该操心大事，这些小事应该让下面的人去管。

我话没说完，父亲就已经勃然大怒。他朝我喊道："要是你当上去了，你就不会去管老百姓这些小事，是不是？"

十年前，我去一个县挂职担任副县长，父亲知道县政府给我配了一辆小车，以不经意的口气对我说，你要对司机好一点。

前者是一堂大课，后者是一次辅导。

那一句话的大课，在那以后让我常常用来警示自己的轻浮和张狂，也用来加持自己的良善和悲悯。

那一句话的辅导，却也并不是多余。父亲大概看出来，我的"大少爷作风"显然还在，再惯出来一个"大老爷作风"也未可知。他话音一落，我就不住地点头。

父亲没有学过医，但他在退休以后，不知从何处获得良方，又不知经过怎样的钻研，竟然给人医治起腰椎颈椎方面的毛病来。他那样高声说话并没有被人疑为虚假广告，我却还是担心他无照行医惹上什么麻烦，但据说他的方子真正管用，解除了很多人腰椎间盘突出、骨质增生一类的痛苦。他不收礼，也不收钱，因此结下不少好人缘。

但是，后来，父亲却轻信那些保健品之类的虚假广告，不止一次花冤枉钱。我听说了，为此给他打电话，终于没沉住气，对他喊叫起来。我以为他会回应我一阵喊声，他却一声未吭。

母亲对我说："你那几声喊，对了！"

我自己却已经知道，我对父亲那样喊是不对的。那一份急躁里面，尽管有对他的体恤和担忧，更多的却是不孝和不敬。他久居山村，以己度人，凭着他待人的良善，凭着他行医的真诚，一时不能识别躲在远处的骗人之术，情有可原。还有，无论是他寄希望于"保健"二字，还是他缺乏判断能力一再轻信，都一样表明，我们跟他的交流实在是太少了。

前不久，我在办公室里翻出父亲写给我的一封信。抬头是他为我取的名字，署名是"父亲"，时间是"某月某日"。信的正文仅一行字："寄上治疗腰椎病的处方，查收。"

信写于哪一年，已不可考。处方已经不在，我也想不起来用过父亲为我开的什么药。可以确定的是，那时候我已经到了成都工作，却还不能和老家通上电话。

父亲的钢笔字工整而刚硬，字如其人。

没有一句多余的话。这封信，简直就是我们之间交流的一个缩影。

我从老家出发，一步一步走向远方，而父亲，他一步一步走回家中。我们给予对方的，好像总是彼此的背影。我每一次回老家，或者，我把他接到成都，话题都是那样的少。最后，不是我把离开的背影给他，就是他把离开的背影给我。

父亲并不是不喜欢说话，相反，在我从小到大的记忆里，他常常对家中来客发表宏篇大论，并且不时会有笑声响起。他不会说家长里短，不会说人短人长，但他会历数他的光荣,细说他的骄傲。那时候,他那海阔天空地持续放大的声音,想必是要让我们也一样听到。

我也会讲一些开心事或者笑话给他听,他的笑声远没有在客人面前那样放松,那样夸张。

后来,父亲也把他的内心诉诸文字。他在晚年写过一个小说,篇幅不短,却在动笔前后都没有对我说起。他那是要独立完成,就是说,他不愿意让人误会,以为他写下的文字有他那个作家儿子的参与。我看得很认真,但今天想来,我和他的交流却有些草率。我认为此作乏善可陈,并且指出了不少问题。我当时想的是,以父亲的高龄,他已经不大可能踏上创作这条路。我要是说一些违心的话,凭着他的轻信,他会从此一路往下走,那会儿再让他回头说不定就晚了。我那样一个喊停,显然并没有更多地关照到他的自尊。他好像早有心理准备,一笑了之,从此不提。

那一叠稿子,不知去了哪里。近年来,我的创作有了一点爆发,好像就有父亲的力量加入进来。事实也正是那样,我不想写或者写不下去的时候,好像总能听到他的喊声,就像我小时候在篮球场外听到的那样。

寒冬的那个凌晨，骤然炸响的鞭炮向乡邻报告了父亲离世的消息，方圆左近的人家纷纷亮起了灯。大家知道，那个大嗓门的人，那个直肠子的人，那个倔脾气的人，那个真性情的人，那个与人为善又受人敬重的人，那个一生吃苦又一生享福的人，走了。

远远近近的人赶来参加父亲的葬礼，把我们老家的旧房子和新房子都挤满了。

父亲在老家坟地土葬，安睡在他的母亲我的祖母身旁。他主持修建的两幢房子，一幢姓"土"，一幢姓"洋"，风雨无阻地坚守在他旁边，无声地诉说着一个家的过往，也无声地分担着一个家的当前。家在他的面前，我们也都在他的面前。我的心里总会涌上来那么多要对他说的话，却只能强忍着把它咽回去，让它化作一腔苦涩，也让它化作一腔甜蜜。

如今，我们把车从成都开回老家门前，按响喇叭，再也不能见到父亲开门出来，再也不能听到他的喊声了。母亲不愿进城，二妹在老家陪伴她。母亲的听力和表达都非常好，我无论当面还是通过电话喊她，她答应一声，都会让我觉得那是一个双份。母亲健在，那么，父亲他也就并没有走远，我们只要想他念他的时候，就会听到他的喊声，那是一声呼唤，或者一声答应。

和声

老家早已经通了自来水和天然气,现在又安装了太阳能路灯。屋里有一个大燃气炉,但在冬季,要是我们没有回去,母亲还是喜欢在老屋里烤柴火,她说那个火更暖身。她那好像是在完成一场一场烤火的补课,把她当年欠缺的柴火给补上来。

母亲打电话来了。手机来电显示两个字，母亲。

我一接听就知道，母亲又有了着急。她说，她在手机视频里看到了某个儿女某个孙儿某个重孙，就是看不到我。她担心我有什么不想让她看到。我连忙掐断通话，紧接着拨通她的手机视频，我们立即就相见了。

她是五个儿女的母亲。如今，她的长子已经年逾六十，幼子已经年满五十。而我，她的次子，已经临近退休。我们兄弟三人早已定居成都，如今大妹退休后也来了。父亲已经离世，二妹留在乡下老家陪伴母亲。

我回老家去，看到的是母亲忙出忙进的身影，而此刻，阳光照进了老家的窗户，我只看到了她红润的面颊。视频总会失真，我有些拿不准，她是又瘦了一些，还是我们那些叮嘱起了一点作用，她的饭量有所增加，她已经胖了一些。

母亲的视力和听力都好得很，她看着我，往往不等我一句话说完，就把话接了过去。我们的平安和健康都在视频上明摆着，她看见了我身后的书橱，我看见了她面前的阳光。她已经没有了着急，我就想起哪儿说哪儿，又一次问起她的饭量，并又一次动员她到成都来生活。

母亲已经八十三岁。她也又一次对我说,不要管我,你们各自要紧。

母亲说话,既清晰又流利。尤其是她那脆亮的声音,从没有一点苍老的迹象。因此,我时常生出一个错觉,她的年岁还停留在从前,而她的福气都汇聚在当下。我相信,凭着她的能力和意志,她能够做到和她的儿女们一起慢慢变老。

但是,我从此有了一份影像的现实,有了一个隔空的面对。母亲满脸的皱纹,就写在手机视频的小方块里,我并不能凭此理出一个头绪。我只有相信,她的某一道皱纹里,一定藏着她对我说的第一句话,并且一定还是她娘家那一方的口音。

母亲的娘家和婆家,相隔一百公里。娘家那一边叫河西,婆家这一边叫河东,两边的口音差别很大。河,就是嘉陵江。她要回一趟娘家,起先是步行,后来可以坐卡车走一段,再后来是坐客车,并且少不了坐船。直到二十世纪九十年代,那个靠木船过河的地方才架起了一座桥。

当然,每一回,都有父亲同行。

和声

我小时候去看外爷外婆,听见他们把我的父亲叫"马先生"。他们如此尊重文化人,或许和房后山上的"寻乐书岩"有关。那是晚清年间由乡儒主持开凿的一个洞窟,在此兴办义学,并在石壁上留下了许多诗文、书法和绘画。这个文化留存,至少显示出当地重文重教。外爷外婆却因为家境不好,只有能力让他们的小女儿读了三年小学。后来,母亲在村里教幼儿园,她本有一个去油田当工人的机会,最终没有去成,其原因是,"马先生"被派到了河西任公办教师,经人介绍已经和她订婚。我们却能够听出来,她并没有后悔嫁给"马先生"。他们成家了,却因为先生原地未动,她还一时不能过河,也就是过门。

哥哥和我在河西出生。我满四个月的时候,因为当时户籍管理的要求,母亲带着我,由她的姐姐护送,开始了一场困难重重的迁徙。父亲当时还继续在河西教书,年幼的哥哥也只好暂留外爷外婆家。夏日炎炎,一行大小三人,过河,住店,在路上步行三日。终于,母亲带着她的河西口音,到了河东。

婆家早已分家。祖父在三十年前就已离世,伯父是一家，祖母和父亲是一家。很快，父亲调到了离家十多公里的学校任教，哥哥也回家来，两口之家由此升级为五口之家。

我一边成长一边见证，祖母和母亲的婆媳关系堪称典范。祖母一双小脚，一字不识，却能在各个方面表现出隐忍和包容。我不知道，那是一个既定的缘分，还是一个后来的磨合。我却宁愿相信，祖母不凡的经历让母亲受到了感化，而母亲那一口出众的表达，也让祖母增长了见闻。我能够想象得到，她们婆媳之间的第一场对话，是隔着一条河的一个交流，结果却只能有一个，那就是母亲的口音必然向祖母靠了过去，而不是相反。她们都知道，入乡随俗，首要的就是口音被当地同化。

我的老家既偏僻又闭塞，那里的人们却在当年将自己的口音视为正统，对外地口音一概排斥。在我成长起来的最初时光里，母亲大概基本清除掉了好听的河西口音，所以在我的记忆里，她一直是用河东口音在说话。

口音，从一方水土生长出来，却很难连根拔除。母亲的口音里残存的那一星半点河西，却也让她在当年受了不少委屈。她识文断字，又嫁给了一个教书先生，这就与农业生产劳动有了一定的对立，因为当时人们所理解的"文化",已经走到了"劳力"的反面。她是人民公社社员,外地口音好像也成了对她工分评定的负面因素,因为话不同腔,可能也会影响到劳力的一致。

母亲在旧社会出生,却也有一份幸运,就是那时候女性已经不再裹脚。她大概从婆婆裹脚的故事中获得了一份力量,从而把自己的外地口音裹紧裹死,然后,迅速在当地口音的新路上磕磕绊绊走起来,在一方陌生的土地上留下了踩稳踩实的脚印。

她却坚守住了她声音里的那一份脆亮,没有商量,一字不改。

母亲说话好听,也包括她说话生动。她没有读过多少书,不知她那么好的表达从何而来。比如,日子还长得牵藤呢。比如,变了泥鳅哪还怕泥巴糊眼睛呢。比如,人说黄连苦,我比黄连苦十分。比如,麻线总是从细处断。

单说麻线,母亲就有充分的发言权。她为我们做过的布鞋,并不会排列出多长一段路,但是,要是把她扎鞋底的麻线连接起来,那条路就不知有多长了。

手工做一双布鞋,有着一条流水线,除了麻线,还需要笋壳、旧布、新布、糨糊、线等材料，以及剪刀、顶针、针等工具。

笋壳用来量脚的尺寸，然后剪成鞋样。我们要穿新鞋的脚最初都会踩在笋壳上，由母亲蹲下来把脚印原封原样画下来。但是，那画出来的只是一个理论，实际的鞋样取决于母亲对儿女成长的估算，多剪出半指或者一指。我们的个子和脚都在成长，要是没有那个预留，新鞋有可能刚做好就穿不进去。

旧布用糨糊粘贴，一层一层叠成鞋底。新布和线用来做鞋帮。

麻线是重中之重，在膝盖上一根一根搓出来。

种麻、沤麻、打麻，那些乱麻一样的流程就不说了。

母亲白天在生产队出工，一般要到了晚上才有时间为我们做鞋。那个流水线上最难也最长的一道工序，便是扎鞋底。煤油灯偎在面前，她坐在一团微弱的光亮里，穿上了麻线的针需要先在头发里轻划一下，然后便紧贴着上一针扎下去。针扎下时可以依靠戴在手指上的顶针，但它从厚厚的鞋底冒出来后，就没有什么工具帮忙了，手上怎么用力都会无济于事，只得用牙把它拔出来。

针在头发里划那一下,就是为了让它沾沾微汗,或许会润滑一点。

祖母也为我们做鞋,扎鞋底的动作与她的儿媳一模一样,与天底下的母亲们一模一样。

小时候,我在夜里一觉醒来,总能听见拉麻线的呼呼声。那中间有着一个个停顿,那是需要用力把针脚拉出一个凹坑,再把针穿回去。我的记忆里却有着没有停歇的呼呼声,那是祖母刚刚拉出一针,母亲紧跟着接上了。北风从房背上掠过,呼呼声就有了混淆,脚底就有了新鞋一般的暖意升起来,让我很快就进入了梦乡,听见麻线也在说话。那牵连不断的声音,好像一直说到了鸡叫二遍。

另有一种美妙的声音,从蚕房里发出来。

生产队的蚕房和我们家只有一墙之隔。给蚕撒桑叶的沙沙声,蚕吃桑叶的沙沙声,轻微而弱小。我要是还在做梦,就是隔着墙也能听到。

从我有记忆起,母亲就一直为生产队养蚕。养蚕需要专业知识,什么"大眠""二眠",她都懂,我至今不懂。我只知道，苍蝇和老鼠也都是蚕的敌人，不能让它们进了蚕房。

蚕房是生产队重地，里里外外都会牵扯到公家。它为我带来的那一系列快乐，没有一样不在禁止之列，却都在母亲眼皮底下一一发生。比如，我溜进蚕房，爬上木制蚕架最高一格，伸手摸一摸房顶上的瓦。比如，我从蚕房里滚出一张簸箕，搭在院坝里，然后四仰八叉睡在里面，一边听着有线广播，一边数着天上的星星。

蚕房里的宁静，好像让母亲的声音平添了几分平和。

社员们又在堰塘里洗簸箕了，那就是又要养蚕了。

湿漉漉的簸箕搬回来，丛在院坝里，晒干或者晾干。它们平日里都在蚕架上平躺着，那会儿却靠着互相支撑站立起来，组成了簸箕的丛林或者迷宫，又好像是为我和玩伴们搭建了一个藏猫猫的专门场所。

母亲给我们下了命令，不准到簸箕下面去。那是因为，一不小心，簸箕就会像多米诺骨牌一样集体倒下。结果就可能是，社员们还得把簸箕再洗一次。

猫却钻进去了。猫可以进去，我为什么不能进去？猫是偷偷溜进去的，那我学猫好了。我潜伏丛林，闯荡迷宫，簸箕都屹立不倒。它们集体默不作声，保护着我的铤而走险。

簸箕全部回到了蚕房，然后，里面住满了蚕。

蚕在簸箕里斯文地啃着桑叶，最终长成胖大个儿。这时候，该打草龙了。

草龙需要两种草，谷草和麦草。准确地说，它需要谷草的柔软与麦草的硬朗。谷草搓成了长长的草绳，麦草切成了短短的草段。两股草绳紧挨着，两头分别由人拽牢绷紧，然后贴着地面，另由一人把草段整齐而均匀地排列在草绳中间，再从头按定。草绳的一头已经拴在了一把镰刀或一个专用的摇柄上，在一双手里旋转起来，而按着草段的一双手不断向后松开。刹那间，扭动的草绳缠绕起来，带动放松的草段一跃而起，在地上滚动成了蓬松的草的圆柱体。

打草龙是一项集体劳动，顶多需要三个人。母亲一直是这项劳动的总指挥，那时候，她的声音反倒比平时要低一些。

一条条草龙盘进了一张张簸箕。这时候，该拣老蚕了。

蚕一旦老了，便不再吃桑叶。大人把它挑出来，借着光亮照一照，能看出它通体透亮。老蚕上了草龙，就等着它们吐丝作茧了。

草龙上的茧子，已经白晃晃一片。这时候，该摘茧子了。

从领回蚕纸到把茧子卖给茧站，各个环节都要母亲一人操心。养蚕其实是一件危险的工作，最容易出事，受到污染或是集体中毒。但是，母亲在生产队里年年养蚕，她的责任心保证着一直平安无事。

养蚕属于季节性劳动，春秋各一次，加起来只有两三个月。我们一家人所需要的工分，全靠母亲一个人去挣，仅靠养蚕是远远不够的。她离开蚕房，就得立即回到土地上去。

母亲做农活就像扎鞋底一样，也有一股狠劲。一方面，她好强的个性不愿向人示弱；另一方面，她不能给人一个只能做养蚕这样轻巧活路的印象，不能给人一个低评工分的口实。

春天来了，快栽秧了，各家各户牛圈里的牛粪要提前背到田里去做肥料。我在田埂上放牛，看见母亲背着牛粪过来了。她已经脱掉了鞋，也已经挽起了裤脚，一直埋着头,一步一步向前走。她在田埂上站下了,匀一匀气,再试探着下田。她每向前移动一步,田里的水都会发出惊讶的响声。她眼看就要连人带背篓栽倒在田里,却好像知道我正心疼地看着她,终于以一个坚决的姿态站稳,向水中自己的倒影鞠了一躬,发出一声喊,再让牛粪倾倒下田。

夏天刚刚到来,就该打麦子了。母亲在头上扎一张帕子,扛着连枷走上了生产队的晒场。女社员两排相对打麦子发出的声音,就像连续不断的炮弹一样。晒场已经被麦芒的粉尘所笼罩,我站在边上一一辨认,认不出我们家的那一张帕子,也就认不出哪一个是我的母亲。我喊了一声"妈",一排连枷给了我一个整整齐齐的回答。我却听见了,那里面就有母亲的声音。

秋天连续下雨,叫"令雨"。哪怕是下刀子,谷子和红苕这些口粮都得从田里地里盘回来。谷子就不说了,光是红苕,就包括挖红苕、摸红苕和分红苕。我们生产队的泥土黏性大,挖出来的红苕不能和泥土自动分离,还得靠人的双手去"摸"。挖红苕和摸红苕以家庭为单位完成,却又不是谁挖出来的红苕就分配给谁,而是靠干部从兜里摸出刻有名字的竹牌来分配。一个下雨天，我也去摸红苕了，哪怕一个红苕没摸干净，母亲都要让我返工。红苕没摸干净，就会让人多分了稀泥而少分了口粮，何况，那竹牌摸出来或许就是你自己。天已经黑了，我们家挖的红苕已经分给了别人家，母亲领着我跟在一杆秤和一盏马灯后面，直到母亲的名字终于被喊出来。我举着马灯，为背着红苕的母亲照亮。一路上，母亲的影子一直摇摇晃晃，但她一声未吭，只在我的记忆里留下了泥泞里的脚步声。

冬天就是下霜下雪，社员也没有一个歇息的时候，甚至天不亮就要出早工。母亲就是想称病请个假都不行，又带着头一天的腰酸背痛，背着背篼背土去了。北风割面，白霜刺骨，我们都盼望着她早点收工。母亲终于回家来了，已经冻得牙齿发抖，但是，我们捡回来的那点可怜的柴还要用来喂灶孔，她舍不得点一堆柴火烤一烤。祖母叫我抱来一堆谷草，刚刚燃起的一团火转眼间就成了一堆黑灰。但是，那一团在我的记忆里永远不灭的亮光，存下了母亲刹那间由寒转暖的声音。

一年四季，母亲刚放下背篼，又需要背起背架子。谷子、麦子、苞谷、红苕等等口粮，谷草、麦草、苞谷秆和红苕藤等等牲口饲料或燃料，都需要背回家。还有打米，也需要背来背去。母亲个子不高，瘦弱而单薄，哪怕她背的是谷草，我都不敢喊她，因为她答应一声，也会耗掉她不少力气。

母亲不愿落人之后，可是，她无论怎样发狠，凭着一己之力，都不能挣回人口渐增的一个农家所需要的工分。补社，让她的声音渐渐起了一些变化。

一个农家劳动一年，分不到一分钱不说，还得给生产队倒贴，补交一笔钱，这就是当年农村的补社。自家劳力不够，就得向劳力多的家庭买粮，那样的分配方式本也公平。事实上，不用生产队结算，母亲自己心里就有一本账。一年所吃的苦不能换来一分钱红利，而人家分的那些钞票里就有她养蚕卖茧子所得，让她的声音少了几分静气，却多出来几分硬气。

她亮开了嗓门说，你们吃的是你们爸爸挣下的饭，你们吃的是我和你们婆婆挣下的饭！

我们家的一日三餐，大都由祖母负责。祖母的手紧得很，她要确保一家人翻过青黄不接那一道坎。母亲做的饭菜在方圆左近是出名的好，她看着我们馋的样子，心里实在不忍了，就会让我们吃到她亲手做的饭菜。上了桌子，她自己却不肯动一筷子，就是祖母给她挑进碗里都不行。

我闻到家里在煎猪油了，急忙跑回去，守着灶头，望着母亲。母亲用筷子夹起一个油渣，并不是马上就喂进我的嘴里，而是先放到她自己嘴边轻轻吹一吹。结果，油渣在我嘴里和口水相遇，还是爆发出了清脆的炸裂声。母亲并不会让我吃了独食，因为她还有孩子正在回家的路上。

母亲在家的日子，都是好日子。但是，无论春夏秋冬，无论天晴下雨，我都在劳动的人群中寻找母亲。家里已经做好了饭，我会跑到母亲栽秧的地方，等着她从水田里直起腰。或者，我会在放学路上拐一个弯，跑到母亲铲草皮的地方，等着她把锄头扛上肩。铲草皮，就是把草本植被连根铲除做肥料。我等上母亲，走在她的前面或者后面。我终于懂一点事了，把她的锄头要过来扛到了自己肩上。我悄悄对母亲说，铲草皮是不对的，草都铲光了，牛到哪儿去吃草呢？

我那一点懂事，或者说，我那一点思考，都由母亲一点一点调教出来。

母亲教育我们,却并没有太多的耐心,因为耐心需要时间。她整天出工,用她自己的话说,三顿饭都靠抢。所以,她总是用她那好听的声音,直接给我们灌输一些好懂的道理。

比如,做事要一竹竿插到底。

比如,人活一张脸,树活一层皮。

比如,自己要往下贱路上走,神仙都拦不住你。

比如,不长脑壳,当然没眼水。

但是,再好懂的道理,有时也会从我们这只耳朵进,那只耳朵出。

那么,皮肉之苦就不可避免了。

我从小一副倔脾气,爱犟嘴,不听话,大错要犯,小错不断。耍火,打架,骂人,撒谎,乱爬树,招惹蜂子,下塘洗澡,弄一身粪,滚一身泥,从高坎上往下跳,往自己或别人头发里塞进浑身是刺的野果,往自家或别人家房背上打石块,往结了冰的水田里打瓦碴,偷跑到离家很远的地方去看露天电影,等等。

很多事,母亲就算是不想管,别人也会管。

比如,要是你耍火把别人家的房子点燃了呢?

比如,要是你爬的是别人家的果树呢?

比如，要是你真捅了会蜇死人的马蜂窝呢？

有一年过了春节，我又该和一伙放牛娃下壑去放牛了，却舍不得换下蓝卡其新裤子。那会儿，家里就是有钱，也不是想穿新衣服就能穿上，因为买布需要布票。母亲好几年都没有为自己缝制新衣服了，对儿女们却是一碗水端平，每一个每一年都至少有一身。那一回，她动员我把新裤子换下来，因为她知道我喜欢在大石头斜面上溜梭梭板。她见我不肯，就千叮咛万嘱咐一定要爱惜，别把新裤子弄坏了。我却是偏偏在放牛娃们面前生出了英雄气概，一遍一遍爬上大石头溜梭梭板，竟然屁股下面连一块小石板都不垫。结果，新裤子后面露出了一双惊讶的眼睛，每一个窟窿都比布票还要大。

我双手捂着屁股回家去，被母亲拽上了膝盖，要不是祖母来救，说不定就被"搓"成了一根结结实实的麻线。

黄荆棍下出好人。母亲并不是这个说法的坚定实践者，却也并不只是喊喊口号吓唬吓唬我们。所以，我挨打的次数虽然不是太多，收到的却也并不一直是树条的轻，最关键的那两下终会到来。因为，不疼，不长记性。

记性长了，脑壳也就长了。我终于知道，天底下，远不止工分那一种"分"。

我还知道，只要把每一件事做对做好，就能加分。

比如，我们捡回来的柴割回来的草超过了往日。

比如，我们家养的牛在评膘时由丙等升成了乙等。

比如，我们从学校里拿回来一张奖状，或者一张填着考试高分的通知书。

这些，都是我们在为母亲加分，都会让她的声音变得柔和起来。

谁家的煤油灯要是在半夜里还亮着，那个家就是一定要出败家子了，我们家的煤油灯却一直那样亮着。母亲的眼光，自然要比煤油灯照亮的那一点要长远得多。她相信日子一定会好起来，只是不知道从什么时候开始。她在半夜醒来，见我还在煤油灯下看书，也会责怪几句。我却愿意这样去听，她那不过是在表达对我熬夜的担心。

母亲的河西口音虽然已经改变，但她一直惦念着娘家。那里有她的父亲母亲，还有她的哥哥姐姐和侄女侄儿。她不能常回娘家，只好盼着侄儿来信。她在读信的时候，偶尔会有河西口音冒出来。

母亲的侄儿，我的表兄，早年行医，半途而废。他在做赤脚医生时却有一样了不得的功德，那就是让突然瘫痪的我重新站了起来。

我从瘫痪到重新起立，让母亲经历了最为艰难的一段光阴。无路可走，母亲向生产队请假，把我带到了她的娘家，却绝处逢生。那段日子，她的每一句话都好像正在穿过总也开不了亮口的黑暗，细细微微，战战兢兢。她对谁都赔着小心，包括对我。儿子瘫痪了，她不得不示弱，不得不低头。

我重新奔跑起来之后，母亲大哭一场，那镇定的声音才渐渐恢复。

我恢复如初的双腿往邮电所跑得最勤，因为我见到表兄写来的信，如同见到他本人。我能够通读他写下的那些文字，差不多和我开读文学作品同步。他却又有了一样了不得的功德，几句话激将下来，让我再也不能从写作这条道路上退却。他帮我算了一笔账，某大学中文系毕业生有多少，某大学中文系毕业生又有多少，留学生就不提了。他劝我，你一个师范毕业生想当作家，恐怕没啥指望。他的话反而成了一个激励，碰破头也要撞南墙，这样的意志母亲早已传给了我。这是后话。

母亲却又怕侄儿来信，尤其怕接到电报，因为她的双亲都已经上年纪了。

电报却还是来了，我的外婆和外爷在一个月之内相继离世。

两位老人弥留之际，母亲都没有在他们面前，那成了她内心永远的痛。

哥哥和我先后从学校回到了生产队，家中劳力问题已告缓解，新的问题又后脚撞前脚地跟了上来。家中就三间房，儿子们很快就会一一长大，要结婚要分家，怎么住？往哪里住？

就在这个当口，招生考试制度恢复，让我入读师范学校，吃上了商品粮。我走上教师岗位之际，我们家修起了七间青瓦房。

后来，大妹考入卫生学校，走上医疗工作岗位。

再后来，弟弟参了军，成了军官。

母亲的农民身份也起了变化，她早已种的是责任田了。尽管那还是一个苦，但是，再也没有工分那个紧箍咒了。

母亲也说我们为她争光了。我们却都知道,她的自尊,她的和善,她的主张,她的作为,才是她在乡里受人敬重的可靠原因。她知道,不管什么样的家庭,金杯银杯都不如口碑。她不再像从前那样直接向我们灌输什么道理,相反,她表示要从我们年轻人身上学习一点东西。我们也开始学习倾听她的话音了,因为她已经有了足够的耐心,而我们又常常没有耐心,就有可能忽略了她某个重要的话外之音。

比如,她无意间说起了我们当年在村上念书的小学校。她说,不知道要哪一辈人才会把它修一修。

我已经听出来,她是想让我为此出一点力。我当时已经离开学校,成了一个新闻工作者,却也并没有那个能耐,只好顾左右而言他。

她却又说,我就不信,那个学校都能把你教出来,会一直烂在那里。

我笑了,然后就去尽心尽力了。结果,我从不同渠道为修建村小争取了两笔资金。

我在市上报社工作的时候,大妹在市上医院当护士长。我们兄妹二人的家,差不多分别成了救助站。老家那边,总有人为办事找上门来。事实上,没有哪一件事是母亲为我们揽下，也没有哪一件事能够轻易办到。但是，对每一个人，对每一件事，我们都会保持足够的耐心，更会使上足够的力气。我们都不爱管闲事，更不敢违规违纪，但母亲教给我们待人接物的常识，比如天天帮人不穷，比如帮人如帮己，言犹在耳。何况，母亲，她好像正在老家等着消息。

母亲吃过的苦受过的累，让她自己在后来说起来，倒像是在享福一般。她落下了一身病，如同把她背过的背篓都装满了，加在一起让她背在了身上。她就这样一直走到了今天，不能不说这是我们的福气。

最初是牙疼。她扎鞋底时那样咬针，可能就是她牙病的根源。我还很小的时候，她的牙在一个雨夜说疼就疼起来，不休不止。哥哥和我戴上雨帽，提上马灯，把车前草寻回来熬水给她喝，居然让那要命的疼暂时缓解了。

后来，她常常抱怨自己吃了五谷生百病。她在两年之内做过三回手术，有两回甚至发生在一个月之内。

她的咽喉部出了状况，医生说不会有什么大问题，我却多出来一个担心，手术后，她的声音还会是原来的样子吗?

母亲从昏迷中苏醒过来,我低声问她疼不疼,她却急躁起来,哪有不疼?问啥子你问啥子!

我听清了,她的声音没有丝毫改变。

但是,她的饭量变小了,并且一直没怎么变回去。

母亲在七十岁的时候,每顿吃饭都是象征性的,却有了第二次修房立屋的计划。她和父亲谋划修建一幢小洋楼,却并没有得到儿女们的积极响应,因为我们认为,他们只有进城才能安享晚年。结果是,他们一声未吭,就在青瓦房旁边起基了。那时候,我们才意识到我们低估了他们的决心,立即转变态度,步步紧跟。

父亲说,哪怕只在里面住上一天,他也要修。

无论是青瓦房,还是小洋楼,都是父亲和母亲的功业。我们兄弟姊妹每年如期缴纳一笔资金,用于老家的维修。谁也不敢说,那里不是我们这个大家庭的根。

父亲在小洋楼里住了八年,就离世了。没有父亲为伴,母亲却不愿意把家门一锁就住进成都来了。她已经为老家那一方水土辛苦了大半生,守护了大半生,并不愿再来完成一次迁徙,哪怕并不需要她再变一次口音。

母亲自己有一部手机,但她总是人机分离,我又只好打给我的二妹。那会儿,我们家的最高首长不是在她名下的田土上考察,就是在她亲手栽种的一片桂花树中巡视。要不,她正在亲自经营什么粮食或是蔬菜,或者正踮着脚攀下一枝柑橘或是李子,看看果子是不是成器。还有鸡,还有猫,还有狗,她也不能不亲自操心。

老家早已经通了自来水和天然气,现在又安装了太阳能路灯。屋里有一个大燃气炉,但在冬季,要是我们没有回去,母亲还是喜欢在老屋里烤柴火,她说那个火更暖身。她那好像是在完成一场一场烤火的补课,把她当年欠缺的柴火给补上来。

只要天气好,母亲就会在硬化过或没有硬化过的路上走动走动,会和她乡下那些老姐妹们见上一面。她们一起从曾经的生产队一路走过来,还有那么多需要诉说的理由,还有那么多需要交流的话题。更主要的,她们需要互相打气,为儿孙们活出一个更健康更长寿来。前不久,我和夫人一起回到老家,母亲向我们问起广场舞的音响设备。原来,她的姐妹们想到我们老家的院坝里来跳舞,大家一方面是要锻炼一下身体,一方面是想为我们的母亲新添一份热闹。夫人赶紧跟在成都工作的女儿联系，而女儿说，她曾经为祖母买回的播放器就带有那个功能。闲置不用的播放器立即就被找了出来，皆大欢喜。

一直以来，无论本家长辈、平辈还是晚辈，还是不沾亲不带故的乡邻，都对我们的父亲和母亲很好，多承他们关心照顾。我们一大家子，无论儿子儿媳还是女儿女婿，无论孙儿孙女还是外孙儿外孙女，大家的孝心就都不用说了。如今，父亲走了，母亲是我们这个四世同堂大家庭的最高长者，她就是在老家咳嗽几声，都会让我们心里发紧。

我从小长大的那个院子早已不在，如今是一片庄稼地。那里曾有我们家的三间屋，灶屋的一面土墙上有几道划开的缝隙，插着或挂着捡柴和割草用的刀。那些缝隙在我的记忆里常常浮现出来，就像眼前书橱里的书脊一样，我都能辩认出它们的宽窄。我从那里走出来的这一条路，却并不是靠什么刀劈出来，也不是靠什么书引过来，而是脚穿母亲做的鞋踩出了第一步，然后一步一步走出来。

现在，我通过手机的视频就能见到母亲的笑脸，通过自己的文字也能听到母亲的声音。我知道，我写下的句子哪些出自母亲之口。她当年扎鞋底时对待每一针的那个态度，正是我写作时对待每个字应有的态度。这些年来，我在写作上一直学着母亲咬针的那个狠劲，却一直学不到家，我署名的那些林林总总的作品，并不能保证针针线线都经得起检验。

每次回去，我和母亲说得最多的还是过去，我们想起哪儿说哪儿。一次，吃饭的时候，我叫起来，桌子上的肉怎么这样少？我就要完成一个圆满的"花甲"，但在母亲面前，我依然是一个孩子。

每次从老家返回，车发动起来，我在车内，母亲在车外。车一开动就需要爬一道小坡，我在经过一棵杏树的时候扭过头去，透过车窗，看见母亲还站在道路开头的地方，那曾经是父亲和她一起送我们站着的地方。老家到成都的路尽管遥远，但五个小时也就够了。车一进入市区，我就要赶紧向母亲报平安，但我担心她看见我还在车内，又起疑心，又着急，就索性再等一会儿，让她看到我家中的实况，同时我也会看到她真切的笑容。她的声音，自然会和我一起在高楼上随意走动。那是不同地域融合起来的声音，那也是不同时期提炼出来的声音。那是一个人的和声，或厚或薄，或浓或淡，就像窗外春天的阳光，一片灿烂，洒满心间。

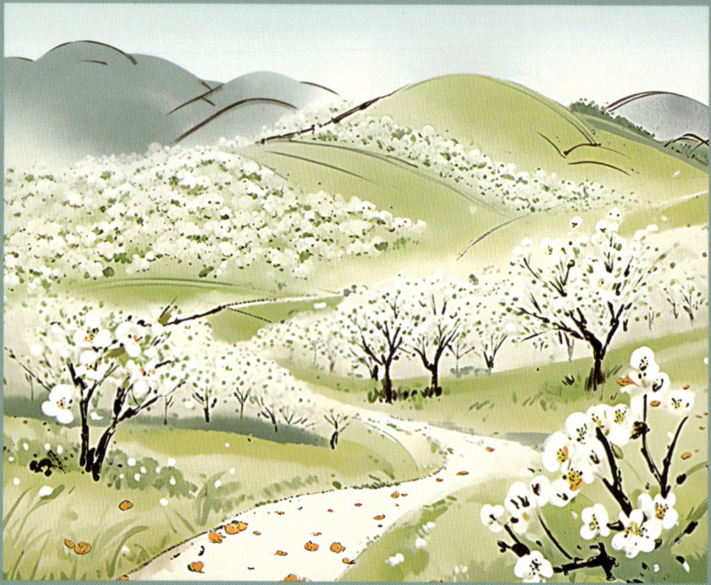

雪梨花

雪梨花开了,
一片一片雪白静悄悄浮起来,
常常让我眼前生出一团一团漆黑。
雪梨树同样是在春天开花而不结果,
那满坡满地的白晃晃,那满心满肺的白晃晃,
一刻也不耽误地做了青黄不接的一个信号。

冬天快到来时，我想到了雪梨花。

城市上空的铅云越压越低，街边的树木正在向地上堆积落叶，让我蓦然想起了家乡的梨园，这个时节雪梨早已下树，掉光了叶子的枝条已经没有了抽打的力气。雪梨树开花还得等到来年春上，或许是我又在盼望下一场雪的缘故，眼前有一树雪梨花乍然绽放，让整条街都灿然一亮。

我的家乡盛产雪梨，因细肉如雪而得名，一直被奉为果中上品。春天，县上组织了一个文学笔会，邀请作家去赴雪梨花的盛宴。家乡人不用雪梨树的果实而用花朵来款待客人，这让我有了一点骄傲。我混迹于作家的队伍，刚刚踏进熟悉而又陌生的梨园，就有雪梨花拍拍我的肩摸摸我的脸，说："噢，你来了！"

我的脚步当即就乱了。

隔了几十年，雪梨花还是认识我的，我就是化装成装模作样的赏花者她也认识。我本来想谢绝那个笔会，但大概受了什么高雅之心的鼓动，结果还是回去了。或者，我以为那是一个机会，正好可以用来和自己的某些记忆做一个了断。

"噢，你来了！"

我刚刚抬起来的头,突然就犯晕了。

我刚刚吸入花香的鼻子,立即就发酸了。

我记忆深处的那些小嘴,又要和我斗气了。

小时候,雪梨花开了,一片一片雪白静悄悄浮起来,常常让我眼前生出一团一团漆黑。雪梨树同样是在春天开花而不结果,那满坡满地的白晃晃,那满心满肺的白晃晃,一刻也不耽误地做了青黄不接的一个信号。雪梨花张开了小嘴,庄稼人就张开了大嘴。那个时节,既没有什么粮食可以收割,也没有什么水果可以采摘,要是没有余粮,庄稼人吃了上顿没下顿就成了家常便饭。所以,我记忆里的梨园一泛白,我就像刚刚进入春天就又重返冬天,衣衫单薄难抵霜染雪侵,浑身不免一阵阵发抖。

还有,那个时节,桃花也开了,油菜花也开了,面对一片粉红一片金黄,我的心照样会一阵阵发紧,我的头照样会一阵阵犯晕。我从小就知道,那不是花的海洋,而是花的警报。饥饿又一次来袭,已经发出五颜六色的呼啸。

"青黄不接",两种对立的颜色相拼的这个词,在现实中展开的景象反倒是姹紫嫣红。这个词,在当年到了乡下，却又等同于愁云密布，等同于饿狼四伏，等同于吐清口水，等同于喝西北风。而雪梨花，也等同于豌豆花胡豆花丝瓜花南瓜花，甚至等同于苦菜花。我曾经向大人问过一个问题，有没有什么花可以吃？答案同样是一个反问，有没有什么石头可以吃？所以，在我童年的记忆里，无论什么颜色的花，都摆脱不了一个"灰"，或者一个"冷"。换句话说，在饥饿难耐的日子里，无论什么颜色的花，多看一眼都费力气。

尽管如此，雪梨花却依然是一个例外。

没错，雪梨花是洁白无瑕的，更是单纯无辜的。春天到了，村姑和小媳妇进了梨园，都会让阳光里的花枝映衬了脸庞，让花瓣上的露珠滋润了肌肤，让露气里的香气净化了俗气。要是有蜜蜂在花间唱着催眠曲，嗡嗡嗡嗡，随便靠在哪一棵雪梨树身上，都可以做一个好梦。蜜蜂原本是梨园的主角，它们在雄花和雌花之间进进出出，交换爱情的花粉，并以此做铺垫，为一场丰收酝酿甜蜜。现实却是，农药的毒雾弥漫开来，已经让它们消失在了噩梦里。所以，雪梨花一张开嘴，就先齐声齐气发出一个警报，她们需要爱情，好像比饿着肚子的人们需要粮食更十万火急。

庄稼人尝到了农药的甜头，也吃够了农药的苦头，只好自己爬上雪梨树扮演蜜蜂。当然，他们更主要的是出任科技的使者。他们在脖子上挂一个盛了花粉的小瓶，然后用小小的棉球蘸了那弱弱的花粉，在每朵雪梨花张开的嘴里点上一点。那花粉，我至今不知道如何采撷而来，就像我并不清楚，一件作品的画龙点睛，那样的意义如何采撷而来一样。

我不知道，还有哪一种花，享受过雪梨花这样的优待。

小孩子上树轻巧，下手灵巧，好像比大人更适合做那个农活。我那时候自然还不懂得什么爱情，把给雪梨花人工授粉当成了喂饭。一小撮花粉就可以喂饱一个梨园，让我觉得不可思议。每一朵雪梨花都张着同样的嘴，露着同样的牙，我很快就看厌了她们那共同的吃相。我已经饿得两眼发黑，她们却饭来张口，居然还要我给她们喂饭。我骑在雪梨树的枝杈上，好像听见了她们的嘲笑声。怒从心上起，恶向胆边生，接下来，我故意让沾满花粉的棉球跳过一张一张小嘴，或者故意给某一张小嘴连喂几次。我不是让她们像我一样空着肚子，就是让她们撑个半死。结果是，我小小年纪就惹了众怒，一阵微风拂过，雪梨树挥舞着枝条抽打过来，我哗啦啦掉下地，手里攥着折断了的花枝……

春天的文学笔会没有让我看到人工授粉，也没有让我听到多少蜜蜂的哼唱。我倒是看见笔友们纷纷张开大嘴，听见他们吟诵起了赞美诗。我不能抛出一片饥饿的惨白，去抵消一片爱情的明艳。我就像一只归来的蜜蜂，不知道该在哪一梢花枝上停落。雪梨花不断向我打开怀抱，那些绕不开的花枝，轻轻抽打到了我的身上。我终于停了下来，小心揽住一枝或者几枝，拍下了几张照片。

"噢，我来了！"

我听见自己轻声说。

几十年过去，我终于从一个饲花者变成了一个赏花者。

我走出春天的梨园，身上好像有了总也抖不掉的花粉。那满耳朵的嗡嗡嗡嗡，我也拿不准那是蜜蜂的声音，还是人的声音。因此，我一直不能安静下来，为两段时光进行一个嫁接，为两段记忆举行一个磋商。直到过了一个夏天和一个秋天，冬天快到来时，雪梨花突然在都市里照亮了我,让我感受到了寒意,也让我感受到了芳香。

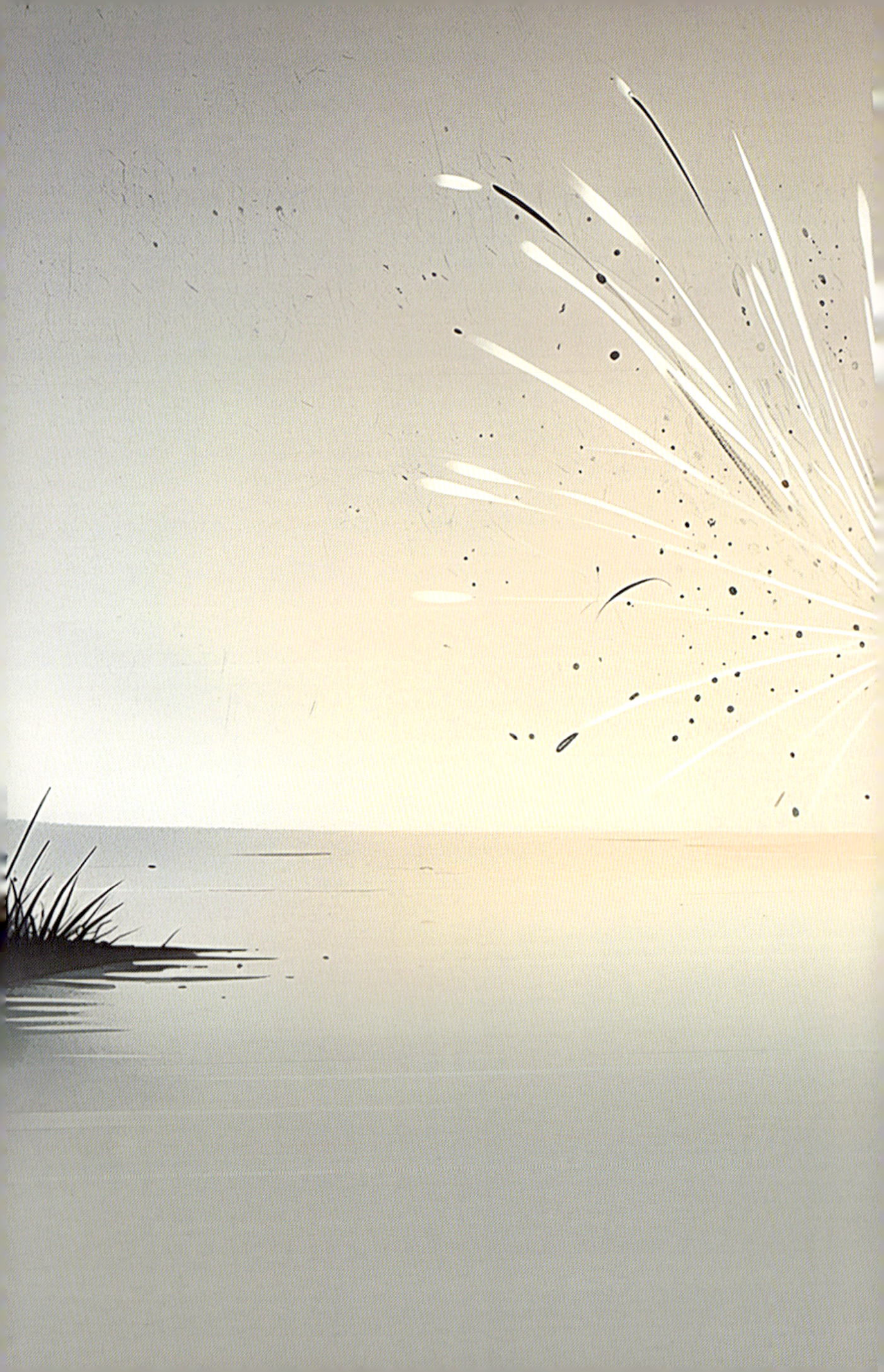

铁花

我从一棵树的枝杈间看出去,
一蓬一蓬金黄色的铁花正在小河上空炸开,
轰轰烈烈,纷纷扬扬。

我从一棵树的枝杈间看出去，一蓬一蓬金黄色的铁花正在小河上空炸开，轰轰烈烈，纷纷扬扬。这天是元宵节，我们一行八人从成都到青白江观花灯，被一盘围棋拖延了一点时间，到达现场时夜幕早已降临，打铁花这个重头戏也到了尾声。我还没来得及选个敞亮的地方去看，铁花就轰然凋谢了。沿河两岸的人声，也像那沸腾的铁汁在空气中迅速冷却，而花灯，依然是热流涌动，飞波逐浪。

铁花，没错，打铁花。那是有着千余年历史的传统焰火表演。表演者将生铁熔化成的铁水抛洒起来，再用花棒轮番击打至高处，于是，燃烧的铁屑凌空绽放，漫天火星。

我另有一份铁花，从记忆深处突然蹿出来，就像要把刚刚耽误的那部分补上去。我立即对七个人说了起来，刚开一个头就明白过来，自己原来是揣着铁花来看铁花。我在灯丛中边走边说，发现听我说话的往前走掉了两个。夜风微微有些寒意，我让花灯拂面而去，只管让铁花扑面而来。

我是从我十岁以后说起的。

那会儿，我刚从一场大病中站起来，就给自己的未来寻找出路了。我已经认准了自己不适合务农，就把身边的木匠、石匠、篾匠、面匠、箩子匠、杀猪匠等等排了一个队，然后给自己挑拣了一个角色，长大以后去当铁匠。我的病尚未痊愈，还需要不时上医院去打针，而从山村里的家到场镇上的医院，怎么也不会把铁匠铺绕开。每次经过那儿，我就想，其实我不用再往前走去医院，直接进去打铁好了。那快要掀翻屋顶的声响就不说了，光是那飞溅到了门外的铁的火星，就足以展示一派热火朝天的工业景象，让我健壮起来，也让我豪迈起来。

我老早就知道，那铁的火星不是通常的火花，叫铁花。

终于，我有了一个机会，专门去了一趟铁匠铺。

我家的铁料已提前送到了铁匠铺，工钱也已付过，我的任务是在那个约定的日子，把打制好的镰刀拿回家。一个铁匠对我说，等一等。那正合我意，我在那之前只顾着去打针，并没有停下来看过打铁。铁匠铺建在一个高台上，面对着一个戏台，中间是一个宽大的院坝。戏台虽然很少演戏，但时不时会放电影，银幕一旦挂了上去，院坝立即寸土寸金，铁匠铺那个高台也就成了你争我夺的高地。打铁和放电影不会同时进行，要不，银幕上的战斗刚刚打响，突然被几个铁匠抄了后路，就把战略部署打乱了。

那会儿，院坝和戏台都空空荡荡，好戏全都在铁匠铺里。铁匠们分成了两组，两台风箱推拉出一样的呼呼大风，让煤炭燃烧起一样的熊熊大火。铁烧红了，上了铁砧。同样是铁的大锤和小锤，立即对那已经服软的铁进行捶打，扁了再直，直了再弯，弯了再长，长了再短。

我面对铁与火站定，把每一个铁匠都看成了自己打铁的身影。那也是一个个铁打的身影，正有铁花从肩头或是腿部迸溅出来。

铁匠们并不担心铁花会伤到一个孩子，因为他们知道，铁花飞起来时是烫人的，落下去时差不多就凉了。我理直气壮地站在那儿，注意到了，一个组打制的是镰刀，另一个组打制的是锄头。尽管锄头的铁花要茂盛一些，我却两眼紧盯着镰刀，我相信那就是我们家的镰刀。镰刀的铁花已经很小，我却在心里念叨着再小一些再小一些，要不，铁花四散飞走，剩下来的镰刀也就小了。

淬火，伐齿。一把镰刀，就这样让人以铁的手段，把它的宿命敲定下来。

那个叫我等一等的铁匠，却不知从哪儿拿出一把冰冷的镰刀，交到我的手上。

这一把不是我的。我说，那一把才是我的。

铁匠铺里，好像没有人听见我说了话。铁花，依然那样泼洒着，发出水珠浇地的声音。

我不要这一把冷的。我在心里说，我要那一把热的。

锄头还在继续变形，镰刀之后又有镰刀跟上来。一块铁开始弯腰驼背，另一块铁已经脸青面黑。那个打铁的阵势，既像是在示范，又像是在示威。

我要我的镰刀！

我差点喊出声来，不过我忍住了。我拿着那把镰刀离开了铁匠铺，离开了那乱成一团的硬碰硬的声音。

那当然是一把新镰刀，却好像来路不明。无论割草还是割麦子，它都不如从前的镰刀听使唤。它那样子更像一个问号，问题一大堆。比如，它究竟是不是我们家提供的铁料打制的？如果不是，我们家的铁料去了哪里，成了谁家的镰刀？那个铁匠为什么要让我等一等？

那是有意还是无意，好意还是恶意？如果是好意，他那是有意要让我先把手艺学起来，还是让我趁早把那份心收起来？那么，他真的看出我的志向来了吗？

一把镰刀摺翻的问题，差不多和它当初溅落的铁花一样多。

对了，那些铁花，最后都去了哪里呢？

不过，这些追问，并不完全是我当时发出来的，大都是我在今天才想出来的。不过，我在当时想到的也许远不止这些，谁知道呢？

我上初中以后，学校向学生公开征询各自的志向，铁匠已经在我的选项之外了。其原因主要是，我已经明白了"打铁还靠自身硬"这个道理。今天想来，对一块铁有了疑问，却没有穷追到底，那样一个孩子长大之后想必是做不好一个铁匠的。当然，对写作来说，也是这个道理。我在今天总也想不起来，自己当时是否就有了写作这个志向。不过可以肯定的是，即便是有，也和当初想当铁匠一样，我并没有把它公布出来。

我刚满十五岁就回到生产队，和四个老人、两个中年人一起，经营集体的一个果园。果园藏在一条山沟里，我是会计兼记分员，那个起点可不低。当场天，一支老中青的队伍，一次一次走向另一个更大更远的场镇。我们背着苹果、梨子、西瓜、南瓜、葱和蒜等，去那街边抢占一个临时摊位，早卖完早收摊。

那一条从深沟到场镇的路，中间还要再穿越一条深沟，最末一段横在场镇上方。每次走到那儿，我都愿意停一停。我站在高处，看见所有通往场镇的路上都是人，听见汇在一起的人声扩散不开，嗡嗡嗡嗡，哗哗哗哗，好像要让横竖几条街都悬浮起来。同时，有一片浩大的打铁之声冲脱出来，从我停脚的下方直升上来。我知道，那儿不是一个简单的铁匠铺，而是一个铁业社。光听响声就知道，远不止两个组，至少有两个连。那是梦里梦外的铁加在一起的巨大交响，好像让另一条路涌到了脚边。我的文学之路，好像就是踩着那个打铁的节奏出发，从那儿开的头。

这些年来，我没有在任何一个地方再听到过打铁之声，镰刀和锄头这些农具恐怕全都走上了工厂的流水线。我说的场镇上那两个曾经的热闹处，那两处火热的地块，就算撒满了铁花的种子，如今也生长不出一个铁匠铺来了。但是，那份砸旧换新的铿锵，那份惊心夺目的绚烂，早已变成了经过捶打和淬火的文字，说生根就生根，说发芽就发芽，说开花就开花。

铁，它那一闪即逝的开花，成就了它一生一世的响亮和明亮。

我从前只领教过它的小打小闹，如今却在一窥之间，见识了它的大开大合。它骤冷骤热，随开随谢，仅用一个急匆匆的结尾，就不知点燃了多少人兴冲冲的开头。我试图替它做一个补充或一个注脚，结果发现，我给它弄出了另外一个版本。

我四下望望，一起来到这里的亲友大都没有走远，花灯的光彩好像让他们都进入了梦境。那个不慌不忙下围棋的朋友，此刻又迷上了熊猫组灯，老半天都叫不动他。我只好以一粒铁花的姿态，从一条遥远的深沟迸溅而出，降落到他的旁边。接下来，我们将趁热打铁展开一场快与慢的交流，从一枚或一盘围棋开始，到一粒或一蓬铁花结束。

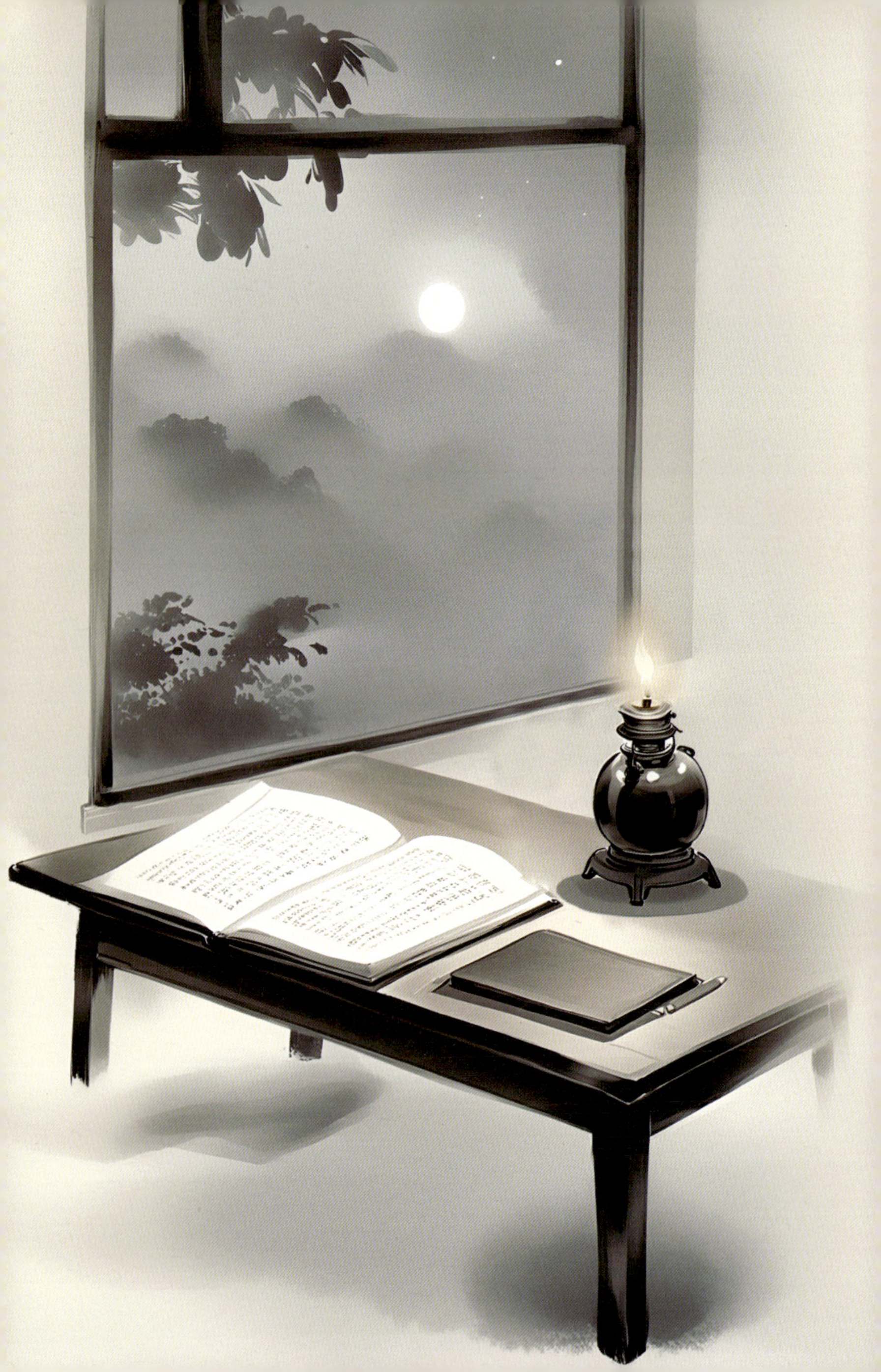

灯花

而我们自制的煤油灯，
灯芯结出的一粒火苗，
就像叶尖上的一粒露珠，
呼吸重了它都会一闪就不见了。
那灯花花，
只有被什么遮挡起来它才会有一点安全感，
比如，一面没有裂缝的墙，
一扇关得严实的门，
一本打开并且站立的书。

老家安装了高杆路灯,一共五盏,我却是回去了才知道。母亲说,那也是个太阳能,不贵。我知道,父亲还在世时,家里就有了个太阳能热水器。细说起来,那太阳能路灯用的是感应开关,天暗就开,天亮就关。阴天呢?蓄电池好使,阴天夜里照样亮。

那天就是个阴天。我要看一看,太阳能路灯怎样不分先后亮起来。我曾经为了在一篇小说中把玉兰花落地的声音写得逼真,在一棵玉兰树下等了十来分钟,直到一朵玉兰花啪的一声砸到头上。我不能再像一根杆子一样站在路边,等着看另外几根都比我高的杆子开灯。我还是要像以往那样,在黄昏时分绕着老家走上一圈。我最好能够先看到路灯一一打开,然后,踩着以太阳的名义留给夜晚的那一路光亮,慢悠悠走回去。

老家坐落在一个小山湾里,四周围合的道路早已硬化,既有坡路和平路,又有小路和大路。我先从一条小路爬坡上了一道小梁,也就上了一条大路。我看了看近处那一座山,山间早有一串路灯,要亮起来时山下才看得见。我看天色一时还不会黑下来,就突破了那个"一圈",转身向右走出去一段,在一个果园边上停下来。那儿从前有一个院子,住了四户人家,我们家就在其中。院子已经拆除多年,高低错落的地势也在复垦时被整理过。我早已说不准,哪一棵果树头顶盖过一片亮瓦,哪几片叶子底下搁过一盏灯。我说得准的是,我在那个院子长大,直到十六岁重新上学,去县城读了师范学校。

我在那儿站了一阵,才明白过来,那太阳能路灯好像触动了什么,我是回望遥远的一粒灯火来了。

那是我十五岁那年的一粒灯火。

那年深秋,整个公社的人在我们大队集结,参加水库建设会战。一个小道消息,突然从此起彼伏的打夯号子声中溜出来,在人山人海中乱窜。我初中毕业已经四个月,也在水库工地参加劳动,却无从向人求证那个消息。父亲在外地任教,他把那个确切的消息急切地送回家来:招生考试制度恢复了,已经向全国发布。

我知道了,我没有资格报考大学,但我凭着一张初中毕业证可以报考中专。当时,我们那个院子里住满了来修水库的民工,其中有我读初一时的高年级校友,也都和我一样没被推荐读高中。他们和我一起报名之后,再也不到我住的木楼上去了。木楼顶上盖了一片亮瓦,西墙开了一扇小窗,靠窗有一张木桌和一盏煤油灯,摆布一个学习小组不在话下。他们对我说，谁不知道你是尖子生，就指望你脱下草鞋穿皮鞋，怎么还敢去影响你呢？

距离考试时间已经不足二十天，转眼就入冬了。白天，谁都要上水库工地，没有复习迎考那一说。夜里，我不管多累都会坐到煤油灯面前去，复习政治和数学。语文，我觉得自己用不着复习。母亲已经买回了足够的煤油，只对我说了一句，把灯点亮些。她知道我会心疼煤油，舍不得让灯芯往上冒一冒。民工队伍好像全都转入院子地下，没有一点动静，我只偶尔听到头顶亮瓦过风的声音。那扇小窗一直紧闭着，我和灯都不需要冷风。我更不需要看一看夜晚的模样，反正如同一个大得无边的锅底，连个灯花花都没有。

花花，是我们老家一带的方言。比如，给人帮工，回来抱怨主人家伙食不好，连个肉花花都没有。又比如，听说某处要放露天电影，夜里大老远赶过去，连个电影花花都没有。又比如，天阴着，连个太阳花花都没有⋯⋯

花花，差不多就是渣渣。

灯花花都没有，就是说，一粒灯火都看不见。

事实上，当时农村已经有了一些起色，并不是都穷得连一盏灯都点不起了，但电灯依然还是一个遥远的梦。谁家有一盏带玻璃罩儿的煤油灯，那简直就是"轻奢"了。而我们自制的煤油灯，灯芯结出的一粒火苗，就像叶尖上的一粒露珠，呼吸重了它都会一闪就不见了。那灯花花，只有被什么遮挡起来它才会有一点安全感，比如，一面没有裂缝的墙，一扇关得严实的门，一本打开并且站立的书。一粒灯火大不过露水，再被贴身拦截，别说远处，就是到了跟前，都不一定看得见。

民工队伍撤了，考试时间也近了。一天深夜，我被困在了一道几何题里，就抬头看了看亮瓦，知道月亮出来了。我想，灯火虽小，却也会让亮瓦晕出一块长方形的亮光，再由下到上泄露给月亮，并且会让整个天空都知道。地上的灯光连天上都看得见，为什么在地上看不见？我这样没来由地乱想一通，就狠下心来，让灯芯往上冒了冒，然后站起来，把小窗也打开了。那由我独占的一粒灯火，发出又大又亮的一团灯光，从窗口跳跃出去，让我看见了月色，也看见了霜。

我还看见，远处山上有个灯花花，一眨眼就不见了。

我没有多看外面，也没有把小窗关上。我好像需要一点其他亮光，月色，霜，另外的灯花花。还有，要是有人在远处能看到我的灯，也好。不一会儿，我就识破了几何图里一个梯形的真面目，再一次站起来，就好像踩在真正的梯子上了。我"更上一层楼"，好像立即就看得更远一些了。

我希望再看到那个灯花花，却落了空。

尽管夜里都下霜了，但在我的印象里，那是一个暖冬。如今，深夜开窗那一幕在我的记忆里早已模糊，说不定只有"明月光"而没有"地上霜"，或者相反。那灯花花，也可能是一个梦花花。我却清楚地记得，考试那天，没有雨，没有雪，也没有风。考完，我回到家中，继续下地干活，直到收到信封上写着我名字的一封信。那是师范学校的录取通知书，也是我平生收到的第一封信。

从此，我读书、教书并且写书，没有哪个夜晚离开过一盏灯。

我不知是在哪一本书上遇到了"灯花"，误以为就是那个所谓的"灯花花"。不过，我很快就弄明白了，灯花，它是灯芯燃烧时结成的花状物，从古至今都以它为吉兆，甚至把它和喜鹊相提并论。

我知道了，灯花，它不是灯芯在火焰里的灰烬，而是灯火在亮度中的结晶。

我在收到录取通知书之前，却并没有听到"喜鹊噪"，也不知道还有什么"灯花报"。我这样说，不是老成持重，更不是满不在乎。我想说的是，我在十五岁那年一定见识过或含蓄或兴奋的灯花，只不过因为我当时懵懂无知，让它被忽略被遮蔽被埋没了。一个能给人带来福报的好词，并不会因为任何人理解的缺席或迟到，而改变它的词性。比如，"灯花"这个词，它在那个梦断十年的暖冬，一定会以喜结万家的温情，不时爆起爆落，乍开乍放。旮旮角角，星星点点，五湖四海，万水千山，灯花，连同那还有一口气的灯花花，汇成了一个时代的吉兆。

阳春三月，山边过来的风暖意融融。山影已经凝重起来，我又向近处那一座山望过去，山间那一串路灯亮了。那个出资把一面空山点亮的老乡比我小几岁，也是我的朋友。他在老家上学时总是两头摸黑，在山间来来去去不知受过多少怕，当时就想，将来自己要是有了本事，一定要给那段山路把灯点上。他考上大学从山上走

灯花　079

了出去，然后在重庆扎下根来，把事业做得风生水起。山城亮灯的时候，他大概会不时想起，家山也已经被点亮了。

他在早年对我说起他与灯的故事的时候，我没有多说什么。我早就写过我与灯的故事，我想他或许已经看到了。说到底，一个乡下人朝外走，大都是靠着一盏灯起步的。我或许可以说个一盏孤灯汇入灯海的故事，但那可能是别人的故事，并且说来话长。

我四下看看，远远近近好多人家都亮灯了。那一片一片灯光绽放的光彩，一层一层覆盖了我的那些记忆花花。我突然想起什么，赶紧朝小山湾看回去，还好，那高高举起的太阳能路灯还保持着一种低调，没有哪一盏亮起来。

我听见了母亲大声叫着我的名字，她喊我回家吃夜饭了。

我在十六岁就算是离开老家了。四十几年过去，母亲喊我的声音还一直那样。我加快了脚步，但是，或许还在半路上，太阳就从老家门外的路灯里出来了。

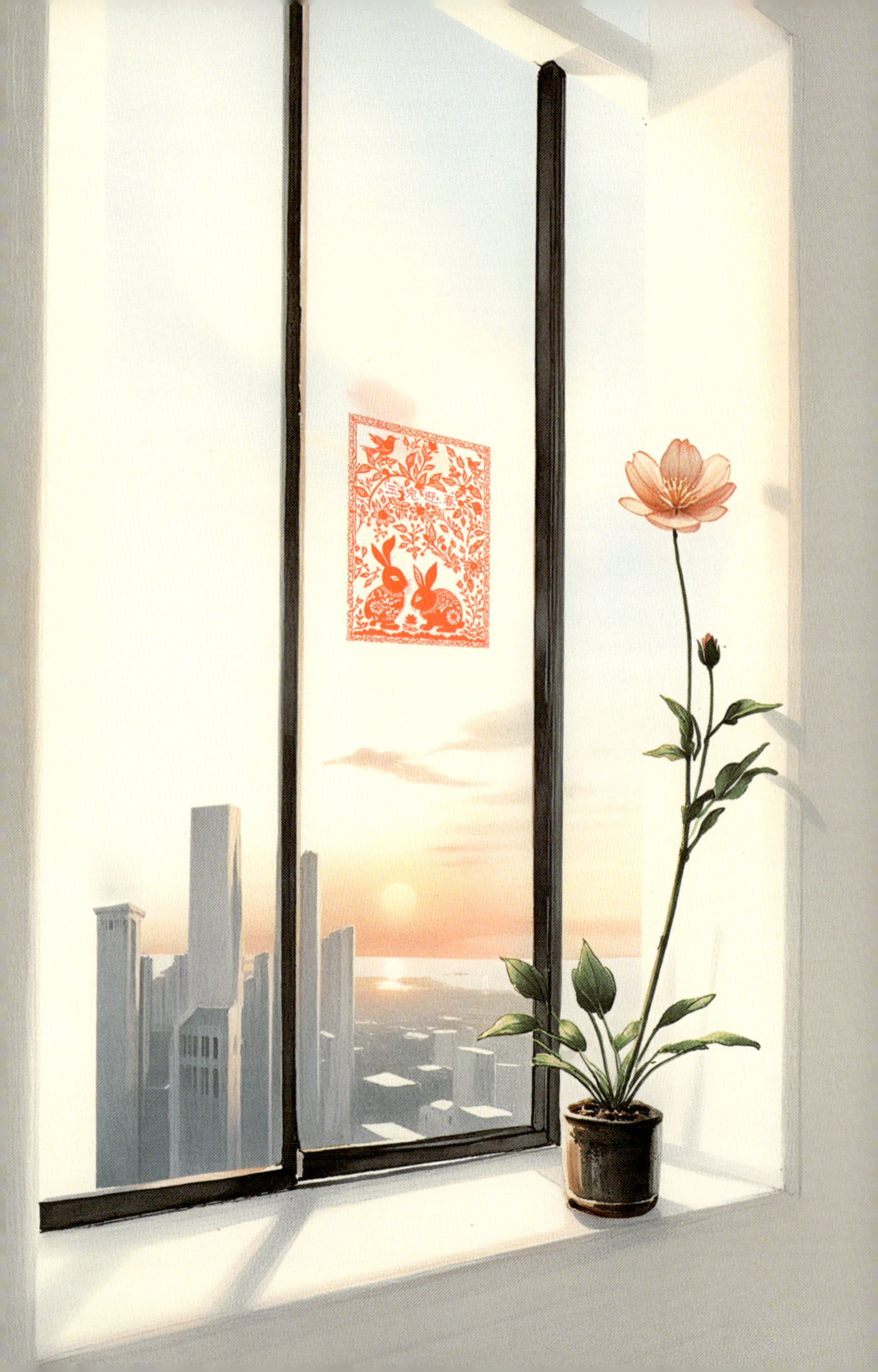

窗花

风从打开的窗轻轻吹进来,
带着夕阳的温度,
让我的脸微微发烫。
我把窗往拢里推了推,
然后,把两幅窗花仔细看了一遍。

初夏的一个下午,一只布谷大概迷路了,在城市上空孤单地叫着,时远时近。黄昏快要到来,我留意到它好长一阵没有发声,就想,它终于找到归路,还乡了。

布谷!

那叫声,却突然在我家窗外冒了出来。窗关着,那儿并不能停留一只鸟。我依然上上下下搜寻着,直到眼睛让两团红色晃得花了起来。

那是两幅红色窗花。

窗花里藏着鸟,却都不是真鸟。

我还是等了等,才把窗轻悄悄地推开,没有一个扑棱棱的意外。窗花随着各自安身的窗玻璃,拉开了一点距离。春节前夕,家人就把窗花采购回来并张贴起来,而我,竟然在整整一个春天,都对窗间那个点缀熟视无睹,无动于衷。

风从打开的窗轻轻吹进来,带着夕阳的温度,让我的脸微微发烫。我把窗往拢里推了推,然后,把两幅窗花仔细看了一遍。

左边那一幅是四方形,四边布满了梅花。今年是兔年,所以梅花中央有两只兔子,一只曲爪站着,一只趴在地上,都乖乖地仰着头,和梅花枝上的一只喜鹊说着什么。从空白处钤印的"玉兔迎春"四个字来看，喜鹊虽然高高在上，却是一个配角。

右边那一幅是圆形，周围布满了梨花。两只燕子正从花间往外飞，嘴里衔着一朵梨花的那一只已经半身出框，另一只紧随其后。花间也有钤印，却不是"梨花衔燕子"，而是"与物皆春"。

我已经看出来，两幅窗花的材质都不是纸，只不过菲薄如纸罢了。那图案也不是镂空，只不过通透之处与玻璃同色罢了。

那么，那样的窗花，还是农耕文化之花吗？

我老家没有贴窗花的习俗，我却在不同地方见到过它，包括在书上和影视作品中。没错，窗花是窗上张贴的剪纸，已有上千年历史。一代一代能工巧匠，包括女红，靠着双手，靠着刀剪和纸，让剪纸艺术翩然传到了今天。而今，凭着手手相传的温度提升，凭着环环相扣的物流跟进，窗花，可以被城市任何一个门户顺利接收，为任意一扇窗添上祥瑞之景。但是，高楼大厦窗玻璃那一个尺度，显然又让窗花那一份娇弱感到了局促，也让乡野风味、俚俗风趣等等都有了一个换装进城的心思。可以说，窗花，它正好成了可以一窥民间艺术之流

窗花　085

变的窗口。

我又看了看梨花间那四个字,"与物皆春"。宋代理学家朱熹在《敬恕斋铭》中说:"己所不欲,勿施于人。以是行之,与物皆春。"他的意思是说,只要照着孔子说的"己所不欲,勿施于人"去做,就能与世间万物共享春天一般的美好。那会儿,我想的却是,我的亲人们在新春到来之际,把自己心中那一份美好的祈愿亲手张贴到了窗上,如果将其简单理解为那是他们"己之所欲",或许就又等于把春天、夏天和秋天一齐辜负掉了,剩下一个冷寂的冬天,孤独地等候下一缕春光。

而那只燕子突破框框所领略到的气象,让我感觉到,那更像是梅花中兔子和喜鹊正在讨论的问题。

天色暗了一些,我并没有从那窗前离开。窗花里的花就不说了,兔子也不说了,但是,那鸟,我见了它们,怎么会没有几句话要说呢?

听,布谷又在远处叫起来了。

我突然想到,刚才眼皮底下冒出的那一声,会不会是某个孩子气的邻居模仿布谷,或者,那就是一个孩子的模仿呢?要不,那会不会是谁把电子钟和手机之类拿到了窗口，把从布谷那儿照抄照搬的铃声放送出来，给那只真正的布谷一个回应呢？

窗花并不能为我做证，刚才有一只真正的布谷飞过。那么，那布谷，会不会是从我梦中飞出去的一只呢？

我到了那会儿才想起来，之前我从一本书上知道，布谷是胆小的鸟。它每年只有到了农忙时节才会出来一阵，并且不把自己藏好就不会发声。怪不得，我至今都没有见过它的模样。我却是一直认为它是不由分说的鸟，是飞来飞去的小喇叭。我小时候在太阳下面干活，它躲在某个清凉的地方，小眼睛一定看见我割了那么多麦子，拾了那么多麦穗，还照样不断地给我下达命令。我一点也不怕它，它叫一声，我就学着它叫一声。我那是要把每一声都还给它，有时抬头向着蓝天，有时埋头朝着大地。结果，它一直当着它的小喇叭，我很快就成了临时的小哑巴。几十年过去，我大概把记忆里那些叫声相加成了一个总和，因此，一只孤单的布谷在城市里的叫声，一嘴一嘴啄破了我的一个下午，又一句一句唤回了我的一个春天。

窗花里有没有布谷的位置，我不知道。多年以来，我读到或者写到的布谷，要是也相加起来，不一定比在现实中听到的要少。几年前，我还在一篇小说中借人物之口埋怨过它："飞着吆喝不腰疼。"我要是早知道它并不是那种斩钉截铁的鸟，并且身上背着的故事不止一个，或许就不会那样说了。

天色更暗了，我又有了一个走神，差点让左边窗花里那只鸟变了模样。喜鹊登梅，应该没错。我小时候的记忆里却没有梅花，喜鹊总是把巢搭建在靠近人户的大树上。我从小就渴望我们家附近出现一个喜鹊窝，我并不是需要喜鹊来报喜，而是想趁它们不在的时候抄了那窝。那一堆干柴，能够煮熟一锅饭，应该算一个大喜。还好，没有发生那样的事。喜鹊是好惹的吗？家没了，它们会在空荡荡的树上喳喳喳喳骂上几天。那且不说，主要是，到了后来，我还怎么好意思在小说里写那些喜鹊窝呢？

一个细心的读者曾经问我，你好几部小说里都有一个喜鹊窝，这有什么原因吗？

当然有。我说，因为我认识的鸟很少，就几只，包括喜鹊在内。

我说的是实话。我熟悉的鸟，除了布谷，除了喜鹊和燕子，还有麻雀、乌鸦和斑鸠。那个初夏的黄昏，一不小心就让它们跑出来了一半。我小时候不知掏过多少麻雀窝，燕子窝却是从不敢碰，而那"一般黑"的乌鸦，躲它都来不及。斑鸠是出名的懒鸟，它住在几根柴棍搭建的所谓巢里，还成天瞎叫唤："苦苦苦，苦！"

喜鹊和燕子在窗花里，而其他鸟，包括布谷，都在记忆里。

窗外，窗花之外，已是一派暮色。

每天那个时候，就会有岛影不断浮出来。那些小丘一样的建筑，总会被我想象成小岛，灯火会把它们一一点亮，然后发出含混不清的信号。那些高山峻岭一样的摩天大楼，它们在白天里好像并没有那么巍峨，甚至可以视而不见。而暮色降临那一刻，它们全都化作山影冲天而起，并且带出了灯火，挂在了峭壁之上。

家人们早已经回来，我家的灯也已经打开。那两幅窗花，又参与着迎接夜晚的仪式。无论岛影还是山影，都正在进行一场散漫的布置，填充或者留白，配色或者修边。我家的灯影，尽管窗玻璃上多出来了两团红晕，却是远近高低都不一定能看到。

我自己，终于，切切实实地看到了。

那不是两朵晚霞，那是被夜晚暂时挽留住的两朵朝霞。

我的童年记忆在反复提醒我，不能怀疑那是一只真正的布谷。那个夜晚，我不知道它会歇在哪儿。我愿意继续相信，它是一只勇敢的鸟，一定不会被那高耸的灯山灼伤，或者被漫卷的灯海淹没。

我在这座城市已经生活了二十几年，差不多每天都在同一条大街上行走，感觉不是在追随它，而是在模仿它，包括它的打开、容纳、变通、堵塞，以及堵塞之后的流动。无论车流多么狷狲和嚣张，我依然能够听见自己的脚步声，它和车水马龙一样振振有词，不断回答我对关于人生意义的新的追问。

我站在高楼的窗前，又有了一个追问。我一开口，却听见了自己的一声回答。

布谷！

窗的那一道缝立即变成了一个高音喇叭，趁着窗花们不注意，把我的声音发布出去了。

我的身后，响起了锅碗瓢盆的声音。

我还站在那儿，透过两幅窗花看出去，看了左边，看右边。两只兔子好像都跳到了右边，还没来得及换回白色，就又抢在我发现之前跳回了左边。灯山或是灯海把光影投射过来，无论梅花还是梨花，它们白了又红，红了又紫，紫了又蓝。燕子和喜鹊，它们也都变成了花，变成了橙色、黄色和绿色……

而窗玻璃，变成了一张铺张的大花……

稻花

稻花,那么微小,那么细弱,不像是稻穗开放出来,倒像是风把它们从别处吹送过来,被稻穗黏了上去。

过些日子,一粒稻花不知会被放大多少倍,变成一粒稻谷。

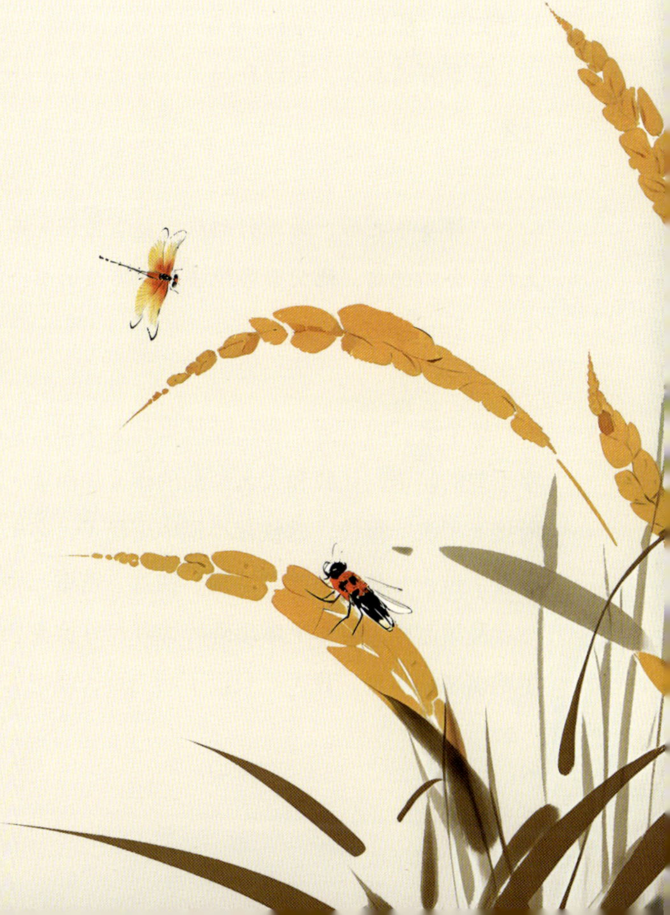

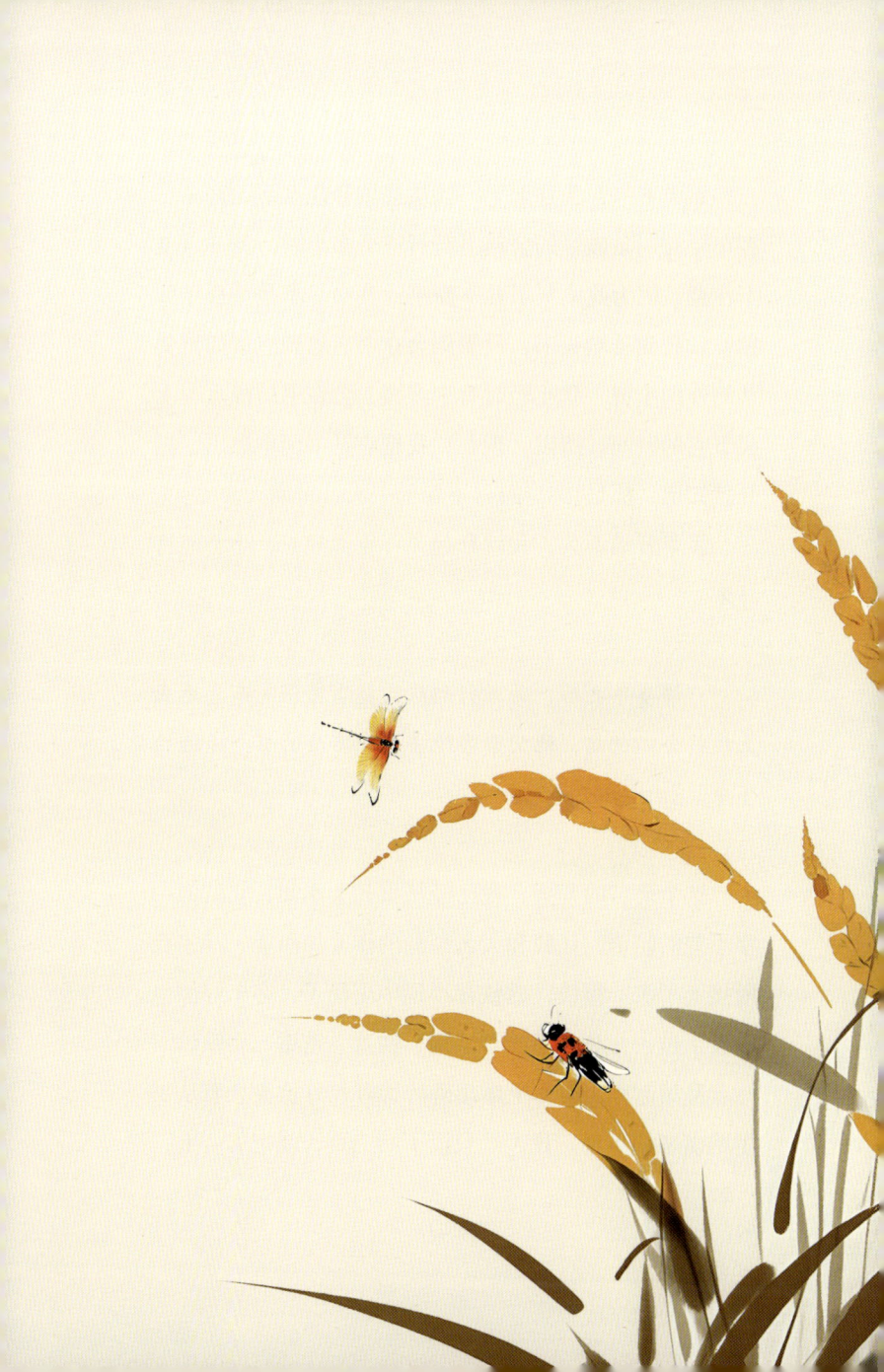

那天下午，我登上了一辆从县城开往乡下的客车。客车要在一条破烂的公路上爬行三个多小时，我一点也不在意，因为我刚买了几本新书，其中一本是《百年孤独》。我到县城买书，没想到会在书店遇到这本如雷贯耳的外国小说。我年轻时有个习惯，会在书的扉页写上买下它的时间。所以，现在，我把它从书橱中取出，翻开就知道，那是1985年1月下旬的一天，星期天。

客车开动不久，我就拿起《百年孤独》，小心地打开来。

"许多年之后，面对行刑队，奥雷良诺·布恩地亚上校将会回想起，他父亲带他去见识冰块的那个遥远的下午。"

这个著名的开头，我已经从报刊上熟知，它就像一字不差的暗语，让我和大名鼎鼎的作家加西亚·马尔克斯接上了头。很快，磁铁在小说中出场了，客车好像也被吸了过去，和书里的"铁锅、铁盆、铁钳、小铁炉"一起乱滚起来。客车上爆出阵阵惊呼，好像夹杂着从书里跑出来的声音。我大概只读了两三页，就把书合上，公路上的坑洼也渐渐合上了。客车消停下来，我就看见车窗外面的水田了。水田会在冬夜结冰，和我刚读到的"冰块"却不一样。我已经记不起来那天的水田有没有结冰，记忆里却留下了它们那亮晃晃的"孤独"面影。

不知过了多久，我渐渐回过神来。春节快要到了，要不了多久，水田就会插上稻秧，稻秧就会抽出稻穗，稻穗就会开出稻花……

车厢里挤满了人，还有年货。我却好像闻到了一缕香气，朴素，淡雅，夹着一点泥腥。那香气，不知是来自我一时想到的稻花，还是来自我一直拿着的新书。寒冬腊月，我更需要和稻花一起，共同面对一个词。那个词，不是"孤独"，就是"魔幻"。

直到过了春节，我都没有再打开过那本书。我年轻时还有一个习惯，会在书的末页记下读完它的时间。我现在翻开书就知道，一共过了五个春节，我才在一个正月里第一次把它读完。

许多年之后，面对一本破旧不堪的《百年孤独》，我又一次回想起，我带着它乘坐客车的那个遥远的下午。

稻花

我在家乡中心小学任教，并且同步做起了文学梦。我邮寄出去的那些稿件，要么原路返回，要么泥牛入海。1985年春天，整整五年过去了，我却连一个文学青年都算不上。所以，我在周末回家去，那步行只需十来分钟的一段路，也像文学之路一样别扭起来。

在家里，我就不一定坐得住了。天气已经暖和，水田开始嘈杂起来。我需要的创作素材并不在一间土墙屋里，而是在田间地头，因此，我拿着一本杂志出门了。杂志可以卷成一个筒，我就像拿着一件纸制工具去参加春耕。结果，我只是在远处听了听抽水机的响声，在近处看了看戽水或者耕田。我那一副游手好闲的模样，既冷落着远道而来的加西亚·马尔克斯，又疏远着身边的责任田。

秧插上了，也薅过了，稻田都已经转青了。满眼碧绿，文学在哪里？

那会儿，就是一份普通的文学报刊，也能让人感受到一个时代激情的涌动。我所在地区有一张公开发行的报纸，新推出来一个栏目"我的星期天"，还发出了征文启示。家里不需要我种责任田，除了读书和写作，我的星期天还能有什么呢？那就照实写来好了。我写了二十世纪八十年代一个青年应该有的简单模样，还搬出雨果和罗曼·罗兰以壮声势。我那时候要是也像后来那样对加西亚·马尔克斯顶礼膜拜，我一定会拿《百年孤独》来做文章，而不是只字未提。

那篇五百字的短文，很快就在报纸上刊登出来。

终于，我用了五年时间，写出了报纸上的一个"豆腐块"。那篇短文的标题里有一个"芽"字，我知道，就文学而言，我还只是一粒谷芽。我一点也不灰心，我相信自己也能成为一株秧苗，也能抽出一串稻穗，开出一溜稻花……

那篇短文，让我的钢笔字第一次变成了铅字，因为还标明了作者单位，所以，在接下来的夏天里，我接到了此生的第一个电话。那时候一个乡恐怕只有一部电话，那个电话从县上打下来，到了第三天我才接上。电话通知我，赶紧到县城报到。我回到家里，并没有急于通报电话的事，因为电话那一头并没有说我是去干什么，我也没问。我不会往坏处去想，却担心自己掩饰不住内心那一份莫名的得意，就趁着太阳还没有落山，到田埂上走了走。

稻花,已经开了。

那从小到大闻熟了的稻田气息,扯着水,带着泥,从四周包围过来。我向稻田弯下了腰,轻轻地捋着稻穗,就怕伤着了稻花。稻花,那么微小,那么细弱,不像是稻穗开放出来,倒像是风把它们从别处吹送过来,被稻穗黏了上去。过些日子,一粒稻花不知会被放大多少倍,变成一粒稻谷。我双手笼着稻穗,就像抓到了好素材,我一松手就会把它弄丢了。事实上,我是在等稻花的香气在手上攒够了,才好让它变成新米一样的文字。我直起腰来,刚张开手,一阵微风就过来,把我轻握的那一把香气都带走了。

夜里,蛙声从稻花香里爆发出来,连篇累牍,颠三倒四,远远近近的稻田都在说梦话。我在梦里坐上了开往县城的客车,车轮轻松地绕过了一个又一个坑洼,满车的人鸦雀无声。车外,那水田依旧亮晃晃的,却也是蛙声一片。

不出所料,事情还真是因我那"豆腐块"而起。我一到县城,就领受了写一篇命题作文的任务。那是大会上的一个讲话,远比那"豆腐块"要长,要求半月之内完成。结果,不到三天,我就冒冒失失地交了卷。然后，我只好一直住在县上的招待所里等待，就像在等待一个分数，或者一个录取。那些多出来的时间，我大都给了书店。我在那里发现，原先摆放《百年孤独》那个地方，已经换上了别的书。

夏天就要过去了，我终于等来了一个接见，得到了一个当面的肯定。那几句话掷地有声，立即就让我刚冒出的一粒嫩芽，变成了一株绿秧。

接下来，我拿到了一纸调令。

1985年，我刚满二十三岁，就从乡下调进县城，以为从此再也不会为买书去坐客车和住旅馆了，却遇上了"刹住抽调教师之风"新规，很快又被调出县城。那一年，我坐了几趟颠簸的客车，再加上那一趟"过山车"，好像把"孤独"和"魔幻"都体验过了。无须等到"许多年之后"，我就知道了，那不过是我人生的一个弯道，倒是让我一夜之间长大了十岁。我深以为憾的是，在我最需要一部伟大作品的日子里，《百年孤独》竟然被我束之高阁。

我到了离县城稍近的学校，重新站上了讲台。过了一年，我就开始在刊物上发表小说了。我再一次打开了

《百年孤独》，读了不上十页，它就让我知道，我自以为已经转青的秧苗，仍不过是个"芽"。

然而，随着我发表作品的增多，我从乡下进入城市的道路变得顺畅起来。我在小城市工作了几年，就来到了大城市。

几十年下来，作为一个作家，我写得最多的还是乡土，而不是城市。

前几年，我创作一首歌词，才写下两句，就意识到有什么被我省略了。

"梦里一颗露珠秧苗儿青，梦外一只蜻蜓谷粒儿黄……"

秧苗在梦里转青，谷粒在梦外泛黄。人生如梦，那么，什么时候开过花呢？

稻花，它怎么能够缺席呢？

结果，改来改去，稻花依然没能出位。它粘上一个句子，那句话好像就拖泥带水起来，当然，"稻花香里说丰年"除外。

还好，我把一只蜻蜓从梦里放了出来。

接下来，我看见了成群结队的红蜻蜓。

稻田已经熟透，稻穗已经满足得昏了头，挨挨挤挤，搂搂抱抱，大概已经弄不清开花那回事了。那一团一团的红蜻蜓，起起落落，懒懒散散，兀自让稻田升起了暖色的轻烟。我看出来了，它们不是来标注季节的，而是来扮演花期的。它们要以爱情或是别的什么名义，完成一场别开生面的开花。它们降在了哪一片稻穗上，那一片金黄，就会绽放出鲜红的花朵……

草树

旋草,就是让谷草像旋风一样绕着树干堆放,一层一层旋着上升。

树脚若有不平,那就需要备下一些坚硬的树枝,用它们先围着树脚捆扎一个结实的底,让地面扩大应有的平面,让你这个主角能够踏实地站上去。

接下来,配角把谷草一把一把递了过来。谷草在你手中有了方向,头部朝着树干,转着圆圈一层一层堆放。

田埂，在乡下人眼里本就是路，至少从前是。它却又是主要用来给田分界和蓄水，其次才是让人行走，所以，它不可能枉占田土，妄自宽大起来。

我从狭窄的田埂上走过来，至今也没有见过一眼望不到边的水田，就是换回小时候的眼睛去看，田埂那些个路也依然都是个短，田收了尾路就到了头。一根田埂要是成了某条小路的一部分，通向大路，再通向场镇，那根田埂才会与众不同起来，比如，谷子打过以后，谷草一般不会丛在上面，把路挡了。

田埂是小路中的小路，要是稍微宽敞一些，还可以种植作物，比如绿豆。作物却只能种在侧边，要不，田埂上，连个下脚的地方也不会有。

还有，不管什么样的田埂，要是生了树，也都得靠边站。

谷子并不从树上结出来，所以，水田里不会有树。今天倒是有了，那却是水田改头换面成了果园，或者干脆退耕还林。那是后话。

还说从前，还说田埂。

听见有人在说，田埂边上那棵树，如何如何。

可能是，又有一棵树，选来做草树了。

我老家那一带，把水田叫冬水田。我小时候稀里糊涂想过，水田，春播夏长秋收，为什么偏偏要拿它没有作为的那个季节来命名呢？冬天，水田是闲着的，只管结冰。娃儿们在那冰面上投掷瓦块，比赛谁滑得最远，总会招来大人们的呵斥。

我当时就在那一伙娃儿中间，道理我也懂。冰化了，瓦块就会掉入水中，往后会伤了人的脚，或者牛的蹄子。但是，它不是叫冬水田吗？你让它停在冬天好了。要是那样，冰就会一直不化，瓦块不是就一直不会掉下去了吗？

这些不通的话，我并没有说出来。

今天，我突然想到了"老黄牛"这个词，可以用它来给冬水田打个比方。老黄牛，不就是以它丧失了作为的"老"来命名的吗？想一想，却又是一个不通。人家冬水田另有春天，老黄牛，它还会有春天吗？

还是网上查询一下，可靠一些。

冬水田是重要的湿地资源，是川渝陕南浅山丘陵地带冬季蓄水的谷田，不仅给来年水稻提供自给水源，更是保春播栽插、培养土壤肥力、蓄水保湿、增强抗旱的一种特殊谷田。

老黄牛请让一下,田埂上来人了。

春天来了,冬水田结的冰已经化掉,那些瓦块却一直没有惹出什么事来,所以凡事都要朝前看。春光就在前面,春耕开始了。田埂上走来了人,还有牛。接下来,耕田的声音响成了一片。再接下来,育秧、收水、栽秧,布谷鸟从天亮叫到天黑。冬水变成了春水,也从天亮响到天黑。

夏天来了,社员们拄着竹棍或木棍,在谷田里排列成行,用脚给秧苗的根部松土,那便是薅秧。稗子一根一根拔起来,连同根部的稀泥,飞到了田埂上。薅秧歌一支一支唱起来,歌词往往也会带出稀泥。

转眼就到了秋天。

谷子黄了,谷穗上歇满了红蜻蜓,在金黄上面撒上了鲜红。田埂上又不停地来人了,说说话话,指指点点,让红蜻蜓受了惊动,谷田上空漫起一片红雾。不过,总会有几抹红色让黄色粘住,没有起飞,那是红蜻蜓交尾未毕。

红色和黄色分离，那是一个信号。

就是说，要打谷子了。

社员兵分几路，秋收战幕拉开。女社员先把谷田割开，给拌桶或是打谷机腾出下田的地方。紧接着，不同的声音分头响起来。

拌桶的响声，像枪炮的轰鸣，由慢到快。

打谷机的响声，像野兽的咆哮，持续不断。

无论是小学生还是中学生，那会儿都会放芒假，回到生产队参加劳动。

谷子已经被女社员割倒，一把一把平躺下来。娃儿们能够派上的用场，就是把谷子一把一把抱起来，交到在拌桶或是打谷机前面作业的男社员手上，这便是"抱把"。

我当然也放了芒假，也在或浅或深的烂泥里来来回回。我的抱把，开初图的是把自己糊成一个快乐的泥人，结果却是，让自己累成了一团稀软的烂泥。

打谷机属于机械，拌桶却还是手工。拌桶上的轮番摔打，打谷机带齿转筒的高速转动，让谷子和谷草完成了分离。

到此,"谷子"名正言顺,"谷草"也才有了名分。

谷子脱落了,谷草被丢放一边,需要把它捆扎起来,这个活路叫"绾草"。绾草,就是用酒杯粗的一绺谷草,在碗口粗的一把谷草颈上扎一道箍,变出一个小草人。那是一个技术活路,换了一个人,就不一定能把谷草绾得结结实实,拖一下都会散开。

绾,那不断重复的标准化动作,把小草人逗得五迷三道,三下五去二,一剑封喉。

一个田的谷子打完了,大家一齐动手,把谷草都拖到田埂上去。大人们在冬水田里走一趟也不容易,却是一只手能攥五把谷草以上。娃儿们已经"抱"起了一个田,还不能一手拖起一两把谷草吗?我们都学了大人的样子,把谷草在水中涮一涮,把它腿脚上的稀泥淘洗干净。

田,却不止冬水田一种。谷子灌浆以后,秧水渐渐排干,已经开始为种麦子做准备,那样的田叫旱田。旱田里,拖动拌桶和打谷机都有些费劲,却有一样方便,不用担心谷草泡在水里,也就不用把它拖上田埂。

田埂上的谷草一字排开,密密匝匝。

旱田里的谷草随地而立，稀稀拉拉。

无论田上田下，都只是一个过渡。谷草不会长久停留，站立的姿势却有讲究。它们需要站稳，更重要的是，它们需要迅速排水除湿，晒干或者风干。因此，它们的底部需要夸张地铺开。一把谷草头轻脚重，锁定的是头，放开的是脚。

这个活路，叫"<u>丛草</u>"。

红蜻蜓还在谷子上歇着的时候，谷草就已经分到了户头。冬天没有青草，牛主要靠谷草过冬，就是说，谷草可不是分给你家做燃料的。

牛有等级之分，谷田有大小之分，生产队干部据此做一个估算，然后指定哪几个谷田的谷草归哪一家。这样一来，谷草既不可能全被分在自家附近，也不可能连成一片。这样的分配，差不多让谁都觉得自家有亏，总会有人争上一争。要么，他家名下那些谷田太瘦，谷草就像狗毛一样。要么，同样是甲等耕牛，水田和旱田却并没有扯齐。他那些话像谷草一样稀松，压实了不过"公平"二字。要讲公平，那就得像谷子那样，先称出一个谷草的总量，再根据牛的等级来平分，各家各户几斤几两。

草树

但是，晒场正在晒谷子，哪里还有那么大一个地方，让谷草堆积如山呢？就算有，恐怕总量还没统计出来，水气未干的谷草已经沤烂。

牛都没有意见，你哪来那么多意见！

就是风，你都想多抓一把！

你要是再说，就用谷草堵上你的嘴！

要是这样斥责一番，牛会在一边摇头摆尾，人会在一边龇牙咧嘴。

秋天的阳光是金色的，秋天的风据说也是金色的。

谷子是金色的，谁能说谷草不是金色的呢？

牛是各家各户为生产队养的，你怎么敢让谷草有个闪失呢？

一把谷草，它要是一直捂着，就会从潮湿的部分开始霉变。因此，一项新的活路冒了出来，叫"翻草"。

和绾草比起来，翻草要省力得多，不过是把谷草的里面翻转到外面，让里里外外都晒个太阳吹个风。那重复的动作也是标准化的，把一把草轻轻提起来，一揉，一转，四下五去一，一锤定音。

谷草已经属于私家，生产队不会把公家的时间专门为你掰块，让你拿去翻草。不过，你可以在出工途中开一个小差，拐到你家那临时的田埂上，顺手把谷草翻上一翻。这会儿，要是正好有人从那儿经过，或许会在另一头把谷草一路翻过来，在田埂中间和你会师。要是你在旱田里翻草，那从田埂上走过的人也会下来帮上几把，说一说天气，说一说牛。无论田上还是田下，一般都不会有一声道谢，也就几把活路，谁会挂在嘴上呢？

人情，却是要在心里记下的。往后，人家要是有个什么让你碰上了，你也会搭一把手，那都不在话下。

四下无人的时候，或者半夜三更，谷草的脚也会偷偷走路，跑到了紧邻的田里，或者更远。谁家都会有一本账，小草人就是跑掉一个都会知道。你当然不能吃哑巴亏，太阳正好，在天上壮胆呢。

人却又骂不得。谷草毕竟不是金子，你犯不着让它轰然一声燃成大火，引火烧身。

牛就更骂不得了。咒骂集体的耕牛，等于咒骂农业生产，这个罪名谁也背不起。

但是，要是没有一个态度，人家会以为你好欺负呢。那就骂谷草好了，个个不得好死。小草人挨了骂，谁都不会吭声。它们并没有死，却依然不会站出来指认，个别小草人是如何跑掉的。

人们已经吃上了新米，而谷草通往牛嘴的路，却不知道还隔着多少田埂。还好，牛并没有张着嘴等那一口草料，它们总不会吃了上顿没下顿。耕牛过冬那样的大问题会有集体研究，谷草如何存放，却需要各家各户早做安排。

没有哪一户居住条件格外宽裕，就是说，没有哪一家会有一个专门堆草的地方。

谷草，只好一再向大树聚拢。

大树，无论在阳光下，还是在风雨中，都一直在人的心上惦记着。

谷草和大树的拥抱，又一次从秋天开始了。

说是大树，其实并不需要它多高多粗。柏树、松树、桐子树，或是别的什么树，只要身段勉强过得去，只要所生位置离家近便，都有可能被挑出来担当重任。

然而，即便如此，能够站出来的树也并不多。

那些既平顺又宽敞的地方，已经做了田地，或者做了屋基。树，往往都长在坡坡坎坎，边边角角，都不大给人方便。一些眼光长远的农户，已经在房前屋后寻了个合适的地方种下了树，却又不是短短几年就可以成材，就可以把一头牛的命压到它的身上。

所以，还是那些常年被选中的树，经过了若干次考验，可靠一些。

看来看去，目光最终还是投向了田埂。

田埂边上那棵树，如何如何。

你挑中了离你家最近的一棵树，却又不在你自家林权之内，并且显然人家也用不着，那你就得去向人家开口，把那树借一借。人家没有迟疑，就答应了。树闲着也是闲着，你又不会拿谷草把它捂死，是不是？

要是你人缘不好，人家就会找个理由把你拒绝了，那也怪不得谁。

无论那树是自家的还是人家的，这会儿，它都还只是一棵普通的树。

树没什么可急，谷草却急起来了。

太阳烤过，谷草已干，就该抓紧"收草"了。广播喇叭里都在说，天气可能要起变化了。

谷草还分散在四面八方，要让它们归拢一处，就得把它们背回来。背谷子用背篼，背草料和秸秆用背架子，分工不同而已。

收草需要成块的时间，和翻草不一样。你可以向生产队请假，但毕竟是单干，所以你不能算出工。要不，你躲到一边磨洋工还记工分，大家互相攀比起来，怎么办？秋收还没有结束，谷子还在晒场上晒着呢。

收草那天，你可要先观一下天色。要不，雨突然下起来，什么都泡了汤。

没有人能够背起一个谷田，除非那个谷田巴掌大。那么，谷草，还得一背架子一背架子往回背。谷草是个胀眼货，看上去架子大，压力并不太大。你就算背了一座谷草山，也不能只顾得看脚下的田埂或小路，前头缓慢移来同样一座谷草山，说不定你们就错不过了。

还有，天上起了乌云，你也要留意到。雨眼看就要来了，你要加快脚步。

一句话，你得时不时抬一下头，看路，还要看天。

谷草，已经来到了大树面前。那棵大树，将有另外一个生长。

那个生长，却要靠人来完成。一个主角一个配角，两个人就够了。当然，多一个配角更好。

他们所做的活路，统称"旋草"。

旋草，就是让谷草像旋风一样绕着树干堆放，一层一层旋着上升。

树脚若有不平，那就需要备下一些坚硬的树枝，用它们先围着树脚捆扎一个结实的底，让地面扩大应有的平面，让你这个主角能够踏实地站上去。接下来，配角把谷草一把一把递了过来。谷草在你手中有了方向，头部朝着树干，转着圆圈一层一层堆放。你不仅要用手把谷草交错铺排，还要用脚把谷草踩紧踏实。草堆不停地上升，高过了站在地上的配角的头顶，你就有了滑落下去的危险。这样，你就只好用一只手作业了，因为另一只手要腾出来抱着树干。树干上会有枝枝杈杈，本来就要在即将到来的寒风中抖抖索索，却被谷草捂进了一个柔柔软软的暖窝。

谷草搭起了一个不断升高的旋转舞台，结果，配角在台下成了观众，却还得打赏一样把谷草抛给你，然后，仰着脖子看着你在台上唱独角戏。

你却不能贪心，把谷草堆放到树顶。到了树的中部，你就得渐渐收小堆放直径，完成一个锥形结顶。你需要用一绺一绺谷草一圈一圈缠绕，直到确信雨水不会渗入。

配角让一个娃儿来做都行，主角却不是谁都能够胜任。旋草的技术难度很高，家里没有行家里手，仍要冒险上阵，就有可能导致中途崩塌，或者结顶稀松。但是，你要是请一个人来旋草，要供人家饭食不说，还等于公开宣布，你家里缺人手。

新米都吃上了，几碗饭算个什么。

人的脸面，和一头牛比起来，又算个什么。

高手请来了，把谷草踩到了脚下。天色已经转暗，却不是已经到了黄昏，而是雨就要下起来。那风却好像是人家的帮手，谷草在风的吹动下更加顺溜起来。雨点已经打在了脸上，说不定那就是令雨天的一个开头，人家却没有大呼小叫，只不过手脚都麻利了一些，抢在雨大起来之前结了顶。

一棵树，就这样谷草加身，成为草树。

归根到底，草树是从谷田里长出来。

谷草一路走过来，从"绾草""丛草""翻草""收草"到"旋草"，没有谁会在意它们经历了哪些坡坎，消耗了谁的力气，正如没有谁会在意一根谷草的重量一样。但是，当谷草依附大树成为草树，却是谁也不会轻易绕过去，哪怕已经过去了几十年，都还会再次回头，把它重新打量一番。

草树，既是一个并不浪漫的存在，也是一个并不轻松的话题。

那是一树风雨，又是一树阳光。

冷雨并不是每一年的秋天都会下起来。太阳从浅山后面冒出来了，崭新的草树沐浴着绚烂的朝霞，就像一座一座微型金塔。每一根轻飘飘的谷草，曾经都举着一个沉甸甸的谷穗，所以，由谷草汇聚起来的草树，那是谷子之身，也是黄金之身。从"绾草"到"旋草"，本身就像一个淬炼过程。尤其是"旋草"，不止让谷草镀上了一层金，还让谷草提炼出了一种香气。

草树零散地分布在田边地角，你还在大老远，就能闻到从它身上散发出来的气息。那是把大米喂养成熟的奶香，也喂养着收割之后空旷的田野，让云彩在亮晃晃的水田里留下了鲜艳，也让谷茬在干巴巴的旱田里冒出了嫩绿。

太阳不断升高，草树在阳光下面变幻着影子，忽高忽矮，忽胖忽瘦。那些影子，就都像是累瘫在地，或者，它们已经大功告成，需要抱团歇息。你无论多累，却也只能拖着自己的影子，悠悠忽忽走过去，直到一个草树让你活生生吓了一跳，清醒过来。那个草树在冬水田边上，它的影子投映到了水中，让你以为它已经倒掉。

夕阳西下，草树渐渐暗淡下去，就像它的影子站了起来。

那还是秋天的夜晚，青蛙吵个不停，好像是要黑黝黝的草树赶紧走开。草树安安稳稳站着，任你呱呱呱呱，它们都一动不动，静默无声。

冬天来了，青蛙就都闭上了嘴。

草树的故事，却突然多了起来。

草树不怕水，不怕霜雪，却怕火。所以，你可能只听到了火的故事。

不知一个什么人，在黑咕隆咚的夜路上越走越冷，撞到了一个草树身上。他的身上正好有火柴，于是，他摸索着从草树上扯下一堆谷草，划一根火柴点燃，烤起火来。一股寒风过来，那火一躲，立即就把草树引燃了。那人闯下大祸，索性跳到一边，把那大火烤了大半，才借着火光逃走。火光把那人送出了一里路，被窝里的人们却是都累成了一堆泥,除非房子也被引燃了,没有人会被惊动起来。天亮以后,草树已经不在,只剩下一大堆黑色草木灰,让好多张嘴张开来合不上。那棵树却并没有还原,而是通体黢黑,倔强地挺立着。

草树主人报没报案,是不是有人因为破坏耕牛而受到清查,不得而知。

草树要是遇上了另外一种"干柴烈火",尽管不会燃烧起来,却会让人嚼烂舌头。冬夜里的野地,要寻一个暖和之处,寻一个踏实之处,自然就会想到草树。它不像那些单独的树,遮不住挡不住不说,还不能够就地取材。

但是,那么黑的夜,草树又没有燃起火光,谁看见了?

一入冬,谷草就要从草树上下来,走上末路了。各家各户都要从草树上取草喂牛,或者给牛铺圈保暖,而这个任务主要由娃儿们来完成。头年冬天到次年春天,我都会在草树和牛圈之间来来回回。我从小就知道,每天需要取多少草投送到牛面前,然后,就只管听牛反刍的声音了。

我还知道，霉变的谷草牛不能吃。那发黑的谷草却也不能乱丢，得抱回家让它做了燃料。黑的谷草，照样腾起了红的火焰。

取草，要么从草树的中部开始，要么从草树的底部开始。草树要是旋得好，把下面的谷草抽空以后，上面的谷草也不会掉下来。中部空出来了，娃儿们爬进去，那儿便成了他们的草房子，或者舞台。

草树终于被抽光了，那棵大树重获自由，重获孤单。不过，总会有最后几绺草缠在树的上部，在风中飘荡。那是一个宣告，一方面在说一个草树的解散，另一方面在说，秋天还会再来。

田埂，在我眼里一直是路，至少梦里是。但是，它在梦里走了过来，摇身一变，成了地埂。

我老家那一带的冬水田，不知何时消失了。

耕牛也消失了，由很小的机器替代。

我在秋收时节回去，也看不见丛着的谷草了。小草人，它们全都跑光了。

草树，自然也消失得无影无踪。

种田不用牛了，做饭也不用柴了，谷草便一无是处。即便在当年，谷草也不用来做燃料，何况今天，老家都用上天然气了。

我却时不时想起草树。我曾经把它一束一束抱起来，再把它一绺一绺撕开来。我亲眼看着它一步一步走过来，再一级一级爬上去。我领教过它的三头六臂，也见识过它的五脏六腑。我体会过它个体的寒微，也参与过它集体的排场。

它是一个有头有尾的故事，更是一道有声有色的风景。

当年的小树早已长成了大树，却看不出来，谁是许配给谷草的那一棵。或许，它们并不知道，草树究竟长什么样子。或许，它们并不理解，自己同类的高贵之身，怎么会和臃肿的草堆有着那么长久的一个相拥。

我前两年去了一个样板新村，住进了从谷田里撑起来的别墅式酒店。那是谷子扬花时节，夜深了，我刚在床上躺下，就有草树从下方长了起来，拱翻了悬空的地板。我赶紧醒了过来，倾斜的床就回到了原位。我听见了蛙声，下床到了门外。明月当空，灯火闪亮，那架在谷田之上的一幢一幢轻盈的建筑，恍然间变成了一个一个沉重的草树，我却看不见田埂在哪里。

草树

还乡的树

我怎么把他忘了。
我立即给他发了一条信息,
兄弟,我在找一棵树!
他却立即把电话打了过来,
不等我把话说完就说,紫薇树!

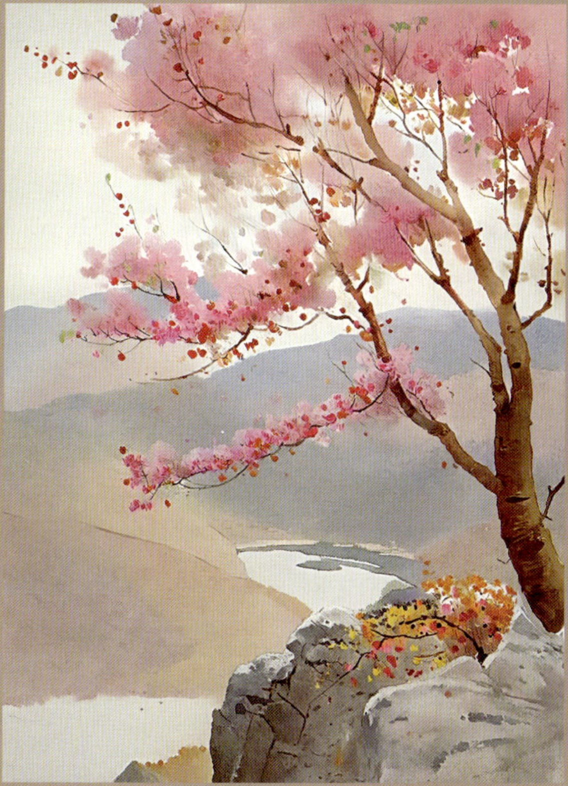

夏天的一个黄昏，我和两个朋友到城外游玩，进了一个园子。那个园子大得望不到边，密密匝匝挤满了参天大树，让我骇异不已。那些大树并非土生土长，而是十几年前从遥远的乡下收购而来，在此集合待价而沽，却在立正之后一直那样稍息着。我想象不出它们当年呼啸而来的阵势，眼前除了沉寂，就是静穆。

我却知道，每一棵树背后都有故事，或大或小，或好或坏，或安静或闹腾，或让人心酸或让人振奋。

我还知道，那些树尽管分别来自一个小地盘，却可以连缀一个大世界。

一个念头，突然冒了出来。我来不及多想就问两个朋友，让一棵大树还乡，怎么样？

他们好像早就有了成熟的想法，都说好！

我再次把目光投向大树，心里却立即没了底。它们，好像谁都不愿意出头，谁都不愿意往前站，谁都不愿意张扬自己的身世。那么，它们，愿意从哪儿来回哪儿去吗？

大树隐入了夜幕，我们离开了那儿。

那会儿，我正计划写一篇城市小说，名字都想好了，叫《我看日出的地方》。接下来，我好像并没有走出那个园子，抬头看见树顶，低头看见树脚。我只好又一次把城市抛到脑后，决意再写乡村，还顺手把那个为城市定制的名字牵了过来。

可是，那是一棵什么树呢？

我又去了一趟那个园子。我知道，我就算能把那儿的树王挑出来，也一样不能把它背后的故事拽出来。但是，我好像看见别样的树影在眼前闪动，她们是近年来我接触过的乡下女子，或坚守乡土，或外出创业然后回归乡土，都有着令人动心的业绩。那么，我不过是想遇到一棵一见倾心的树，让它撑起我的想象，或者，让它引领我完成一次壮丽的还乡。

我明白过来，大树们的故事源头都在乡下，我仍需从头走起。我约上那两个朋友一道下乡，去川北八尔湖边一个农家住了一夜。我在那儿巧遇一个从都市回乡省亲的女子，她在外打拼的经历让我有所触动。那户农家看不到湖面，我却在夜里依稀听到了湖水拍岸的声音。早上起来，我看见一轮鲜红的太阳正从山梁后面冒出来。

我好像离一个故事越来越近了，但是，两个月过去，我要找的那棵树依然不见踪影。

我要打退堂鼓了，一棵树奇迹般站了出来。

一天夜里，快零点了，我又为此心绪不宁而毫无睡意，就打开手机看朋友圈。一个朋友也大半夜没睡，刚在朋友圈里发了一条信息，讲他父亲舍不得卖掉一片银杏树林的事。他正是为我的中篇小说《高腔》提供七里香照片的那一位，在大巴山深处经营花木，喜欢我的文字。

我怎么把他忘了。我立即给他发了一条信息，兄弟，我在找一棵树！

他却立即把电话打了过来，不等我把话说完就说，紫薇树！

零点一分，他从手机里一张接一张地发来照片，还有录像。那是他几天前在乡下巧遇的一棵紫薇树，与我后来在小说《我看日出的地方》中所写的一模一样。那天夜里，就像一个走失的亲人终于回家，让我睡了一个踏实的好觉。我分明已经看见，这一次，乡村，正从一棵开着两种花的树下面出发，迎着朝阳一点一点扩展开去。

我的植物知识欠缺得可以，却是一连两篇小说都写了花木，并且和这三个朋友都有关，这不能不说是宝贵的缘分。这个缘分，或许是因我们共同的乡下人身份而生成的，无论黄昏还是深夜，都会来帮上一把。

这篇小说发表以后，我和大巴山朋友终于在成都见了第一面，聊了很多关于乡村的话题。我们自然说起了我的那篇小说。他说，你写的这或许是一棵消息树，报道着正在向我们走来的好消息。我对他说了一个感受，这个感受一直逼着我写了这篇小说。我说，村姑和小媳妇是村庄的眼睛，如果在村里看不到她们，那个村子的眼睛就是瞎的。我还说，我希望在城里能见到她们，在乡下也能见到她们，无论城市还是乡村，太阳照到哪儿，她们就在哪儿。

我却一直没有再去城外那个园子，因为我写了这个小说以后才知道，我并没有足够的勇气去面对——出走的大树，更别说它们已经集结起来，成了一片一不小心就会让我迷路的森林。我的意思是说，一棵树，已经完成了一次壮丽的还乡，而我自己，还一直在做着还乡的准备。还好，我找到了一棵树在前面带路，或者它还在城市的某一个地方，正在向我招手，相约和我一起还乡。

树上的月亮

月亮钻进云里的时候,
我往往会糊涂起来,
自己好像悬挂在核桃树上。
月亮钻出来了,
好像被柔软的云擦拭一遍,
比先前更晃眼了。

二十年前,我在成都有了一个居所。那是一套逼仄的旧房,在一幢低矮建筑的二楼,前窗朝西,后窗朝东。一年四季,我在家里只能看别的建筑的前脸后背,看不见太阳怎样升起来,又怎样落下去。

但是,在后窗,我可以看月亮。

后窗下面有一个小小的园子,种满了枇杷、棕树、构树、黄桷树和皂荚树。它们在白天里好像并不存在,因为我并没有工夫留意它们。到了夜里,在四周住户渗出的灯光里,那些暗淡的树影就像一个个婆婆的故事。我把电脑安置在后窗那儿,这样,我在夜里写作的时候,每一个故事都相伴在我一侧,或者部分地参与到文字中来。

一天夜里,我从电脑面前扭过头,突然看见了圆圆的月亮,在窗外那一片狭小的天空中,在高大的构树和皂荚树之间。而在那之前租住的房子里,树影和月影都看不到,没想到而今它们一下子全都到窗间来了。尽管月亮被金属防护栏切割了,却没有关系,挪动几下座椅,完整的月亮就复原在了金属线条里,就像装进了画框。构树在月色中兴奋起来,巴掌大的叶子在微风里一晃,就把月亮遮了大半,也没有关系,眨眼间,微风又让那些叶子翻开了月亮，露出来一个硕大的果子。

这是成都的月亮，条条框框的月亮，枝枝叶叶的月亮。它却在后窗难得一见，而在前窗又见不上它，街灯和车灯倒是夜夜流淌不息。大多数夜晚，我只能在后窗那儿，看一看因灯火时明时暗的天光。那依然没有关系，老实说，就是夜夜有大月亮，我也不一定夜夜有赏月的雅兴。何况，天地是那样局促，月亮每次出来，不一会儿，就撩枝拨叶爬到楼顶上面，看不见了。

谁都在说，最好的月亮，还是老家上面那一个。这已经成为大家想念老家的一个理由，我当然也不例外，因为这并不是什么媚俗。只不过，我想起老家的时候，若是有月亮出来，大树会抢在它前面先出来。

我有记忆的时候，老家一带的山岭和沟壑差不多都秃了，还好，还有几棵大柏树剩了下来。老家屋后不远有一座山，大柏树就散落在山脚的大路边上。不知道受了哪一个季节的风吹，它们的头全都偏向一边，远远看过去，就像几个老人，埋头向着一个方向行走，怎么也做不到彼此靠拢。老家没有后窗，我却有在月亮下面望那山影和树影的记忆，好像还听见过大柏树咳嗽的声音，已经记不清是在梦里还是梦外。也不知道什么时候，一个个都不见了踪影。它们都上了年岁，不会趁着夜色跑掉，大概是那样走着走着就倒在地上，咽了气。

老家屋前也有一棵大树，就在院坝边上。那是伯父家的核桃树，主干比水桶还要粗，撑开的枝叶差不多把一个院子都遮住了。每年春节，堂兄都会用斧头在它身上砍出一些小嘴，喂它一点干饭，指望它在新的一年结出更多的核桃。因此，我小时候一直有核桃吃，还在夜里爬上核桃树藏过猫猫。不知有多少个夜晚，我四仰八叉睡在簸箕里面，睡在核桃树面前的院坝中间，大睁着眼睛看满天星星，或者月亮。大月亮上来的时候，核桃树就小了，夜鸟一样的叶子发出羽毛一样的声音。我平躺着望上去，圆月亮比圆簸箕小，而我自己更小，像一只蚕。天上飘来了一朵云，月亮便一点一点移动，簸箕仿佛也跟着移动开了，最后连院坝也旋转起来。月亮钻进云里的时候，我往往会糊涂起来，自己好像悬挂在核桃树上。月亮钻出来了，好像被柔软的云擦拭一遍，比先前更晃眼了。我闭上眼睛，核桃树叶一样从高处飘落下来，立即就感觉到了，隔着簸箕的石板热乎乎的，带一缕苦味的气息凉丝丝的。原来，我睡在踏实的地上，那气息不是月亮而是核桃树散发出来的。我就是不睁开眼睛，也会知道，核桃树在月亮下面，我在核桃树下面。

后来，我与老家的距离愈拉愈远，再没有在任何一个地方见过老家屋前那么大的核桃树。那棵核桃树早被我的堂兄砍掉了，因为它结的核桃一年比一年少，还生虫子。我回到老家去，簸箕也早就变小了，只睡得下我大半个身子，一双腿只好曲着，还让凸起的边沿硌得很不舒服。这就让我怀疑起来，记忆中的核桃树是不是真有那么高大。

再后来，我定居成都，十年前又搬了家，住进了高楼三十一层。月亮也跟着来了，好几扇窗都看得见，一弯，或者一轮。高楼不仅没有离月亮近一些，看上去，反倒比我在二楼上看到的远了，也比我在核桃树下看到的远了。这大概是因为天空放大了，或者，是因为窗外又没有树了。如今，无论多么高大的树都到不了我家窗边，它们都到了脚下，也好像与月亮的距离愈拉愈远了。

我不能说，最好的月亮，是从树上升起来的那一个。我大概可以说，借助一棵树，我们往往会有一个美丽的误判，好像它帮助我们和月亮拉近了距离。

树上的月亮

但是，月亮在天，我们之间需要拉近距离吗？

那么，大概还可以说，树上的月亮，恍然间可以采摘在手。

眼下这个夜晚，趁着没有月亮，我凭着简单的想象，把记忆中的核桃树移了过来，把距此不远的那个园子也迁了过来，这个小区能不能容得下它们，我就顾不上了。那些在夜里咳嗽吓唬过我的大柏树，只好让它们躺在想象之外了。说不定，我会在深夜做一个梦，一弯新月挂在窗外的核桃树上，或者挂在窗外的枇杷、棕树、构树、黄桷树和皂荚树上。我醒过来，窗外却是躲在云里藏猫猫的一轮满月，刚刚钻出来，我伸手就能捉到。

西昌和攀枝花的月亮都是出了名的,可悬在泸沽湖上的月亮仿佛是另外一个,又大又圆,又低又近,好像刚刚在湖水里洗过了,贴到了也刚刚洗过的天幕上,没有一丝儿云去遮掩,白亮得让人不敢仰视太久。

湖上的月亮

我们是一路追过来的。月亮从成都的天空滑落下去，我们追到了西昌；月亮从西昌的天空滑落下去，我们追到了攀枝花；月亮从攀枝花的天空滑落下去，我们追到了泸沽湖。浩淼的湖水像月色一样在眼前铺开的时候，月亮已经被我们抛到了身后，慢悠悠浮出群山，跟了上来……

我们从都市里一路追赶过来，趁着月色融进了泸沽湖边的落水村，融进了木楞房。时值深冬，我们一卸下行装，就三三两两地到泸沽湖边看月亮去了。西昌和攀枝花的月亮都是出了名的，可悬在泸沽湖上的月亮仿佛是另外一个，又大又圆，又低又近，好像刚刚在湖水里洗过了，贴到了也刚刚洗过的天幕上，没有一丝儿云去遮掩，白亮得让人不敢仰视太久。这时候，歌声飘过来了：

　　阿妹哟，阿妹哟，
　　你是明月当空照，
　　我是星星紧相随……
　　玛达米！

没错，我们已经来到东方"女儿国"，来到至今还保留着母系社会习俗的摩梭人中间了。

我们终于看到了几颗星星。

吃了猪膘肉，喝了酥里玛酒，我们踏着月色，踏着月色一样的寒霜，在湖边闲走着。泸沽湖的水面上闪跳着鱼鳞一般的亮光。狮子山静静地泊在湖边，任月光的手指抚摸壮硕的身躯。猪槽船静静地泊在湖边，任细浪的低吟灌满狭窄的舱室。面湖而居的木楞房却永远也不会是静静的，明晃晃的灯火洒满了湖边的路面，就像火塘里的光亮也一道迸射出来了，与月光流淌在了一起，与歌声流淌在了一起。踩着月光和歌声走过去的，是那些被称作"阿注"的身材高大的摩梭小伙子，他们大都一副牛仔打扮，正沿着一条早在心里走了若干遍的路线，向"阿夏"家走去了。"阿夏"，那些健美而多情的摩梭女子，这时候正在她们的花房里，在暖融融的火塘边，等待着"阿注"的到来……

月出而聚，月落而分，暮合晨离，暮去晨归。这绵延千百年的"走婚"故事里面，不知揉进了多少月亮的清辉。在这个由祖母、母亲、舅舅、哥哥、姐姐、弟弟、妹妹组成的大家庭里，月亮和太阳的光辉都照不到

湖上的月亮

父亲。那些与我们擦肩而过的"阿注",他们在十三岁就举行过了"成丁礼",却终身扮演着舅舅和哥哥、弟弟的角色,把家庭和社会舞台的中心让给了祖母和母亲,就像太阳把天空让给了月亮。于是,泸沽湖的月亮像太阳一样灿烂了,泸沽湖的夜晚像白天一样明亮了……

热辣辣的歌声又飘过来了:

阿哥哟,阿哥哟,
月亮才到西山口,
你何须慌慌地走……
玛达米!

千百年来走不动路的月亮啊!

一个美妙的夜晚过去了,"阿注"们一个个回到家中,摩梭人敬锅桩石仪式开始的时候,我们也从客居的木楞房里早早地起来了。太阳已经出来,月亮依然恋恋不舍地挂在西山口,山峦四围,天地在这宝盆里浓缩了,太阳和月亮从盆沿的两边洒下了一样的光辉。在双倍明亮的清晨,成群的野鸭在水里嬉戏,成群的白鹭在水面翻飞，我们在好山好水里寻觅着自由灵魂的足迹，谛听着人类文化的跫音。我们终于看到摩梭少女了，在美丽服装和头饰的衬托下，她们像一簇簇晃动的火苗，让冬日的阳光显得格外暖和了。她们挥桨驾着猪槽船送我们去里务比岛，小伙子们不过是她们的帮手。她们在阳光下骑马，她们在阳光下摔跤，她们在阳光下歌唱，她们像太阳一样把自己的光影倾进泸沽湖的深处。

又一个夜晚到来了。围着一大堆篝火，我们和摩梭男女青年手拉手跳起了锅桩舞，"阿注"们的牛皮筒靴踢踏着，"阿夏"们的百褶长裙摇曳着，长笛伴奏的歌声窜向夜空，飞向那一轮皓月。不过没有多少人顾得上去注意月亮了，"七十二变"的舞蹈总让人赶不上趟，我们还得在他们优美嘹亮的歌声落下去之后，抛出我们从外面带来的歌声：

你看，你看，
月亮的脸偷偷地在改变……

这个时候，又有外来的汽车轰隆隆穿过山口，喇叭声划破了月色。从篝火边退出来，同行的一个朋友告诉我，在下午，另有几个朋友走进一个摩梭人家，见到了一个颇有些经历的摩梭女子。她走出了泸沽湖，从昆明到北京一路闯荡下去，但最终还是回到了泸沽湖，回到了她自己的"女儿国"。据说，她一番关于摩梭人文化的谈吐，把在场的所有人都打动了。

我与几个朋友同行，一起去寻访这位摩梭女子。我们在另一个摩梭女子的带领下走进了一座漂亮的院子，立即就有人热情地迎出来，邀请我们到火塘边去坐。我们说明了来历，主人告诉我们："她不在家，到她的阿注家里去了……"

回到住地，下午见过她的人递给我一张纸，上面写着她家的电话号码。我还没弄明白有没有阿夏往阿注家"走婚"的，不甘心，便拿出手机拨打这个号码，虽然近在咫尺，外地手机发射的电波却像是飞上月亮又折了回来，走了十万八千里，我竟然真的听到了我们要找的摩梭女子的声音。她对我说，她确实是到阿注家去了，她得去安排他家明天一天的活儿，这会儿回家是取一样东西，因为阿注家明天的活儿需要这一件东西。她听我说天一亮我们就要返程了，便约我们天不亮就在她的家里见面。

月亮才到西山口，我和朋友就起床了。黎明时分的泸沽湖静静的，歌声还睡着，桨声还睡着，马蹄声还睡着，月光无论洒在水面上还是洒到路面上，仿佛都能听到刷啦啦的响声。我们向那座漂亮院子走去的时候渐渐不安起来，因为我们会搅扰了百褶长裙的一个好梦。院子的大门已经打开，但"阿夏"还没有回来，我们的心里反而像是放下了一个包袱，在门外徘徊的时候，就像是要守候着月亮不落。

返程的车喇叭声已经催得急了。

我们没有见到那个"阿夏"。我们知道摩梭人是最敬重客人的，她不会失约，她在我们的汽车启动的时候或许正在路上，她只不过与我们这样一支追赶型的队伍不能同步罢了。我们风一样慌慌地刮来，又风一样慌慌地刮走了……

月亮还在西天，太阳又要升起来了。

旧茶与新茶

茶是从乡场上买的,
像干猪草的零碎,
像叶子烟的渣。
顾不上什么新茶旧茶,
也顾不上什么绿茶红茶,
白开水里已经有了不一样的颜色,
好像已经够了。

我十八岁开始喝茶,喝了好几年所谓的绿茶,还不知道那茶应该是新的好。

那时候,我已经在家乡教书了,日子已经有了滋味,白开水怎么行?老教师有茶杯,因此我也有了茶杯。茶是从乡场上买的,像干猪草的零碎,像叶子烟的渣。顾不上什么新茶旧茶,也顾不上什么绿茶红茶,白开水里已经有了不一样的颜色,好像已经够了。

我老家那一带不产茶,那时候的乡场上也没有茶叶专卖店。在逼仄而零乱的小卖部,在油盐酱醋和锅碗瓢盆拥拥挤挤的暗角里,有一个敞口大肚的玻璃罐子,能伸进一只手去。茶就是从那罐子里抓出来的,不管存放了多久,我都无需过问,只管买回去,存放在一只铁盒子里。那铁盒子,不知它曾经是干什么用的,并不能把手伸进去。我又只管把那茶一点一点抖进茶杯,开水冲泡,然后,不论什么滋味,都一口一口喝下去。

今天回想起来,那些零碎的渣多半是旧茶,要不怎么一想一口苦。

后来进城了,日子更加有滋有味了,不知从何处得来标注了生产日期的一盒新茶。我却把它像酒一样存放起来,结果是,它变质的那一口苦,吐都吐不赢。我只好把包装盒与茶分解开来,在夜里分两次丢进了垃圾箱,就像销赃一样。从此,我就有了一个经验,要喝新茶,就得抓紧。这就像别人送来一本"惠存"的新书,三五年都懒得去看,人家自然就旧了。书旧了什么时候都能看,茶却不是书,也不是酒,不能"惠存",要不往后还得"销赃"。

我拥有的书渐渐多起来,新书一本一本变成了旧书,却没有一本与茶有关。我没有闲工夫研究茶,只在意一边喝茶一边读书那个感觉。书好就行,茶无所谓。书当然并不是新的就好,我也终于知道,茶也并不都是新的就好。茶其实可以"惠存",比如普洱。还有,即便是绿茶,也可以使上保鲜的手段,比如冷藏起来。

我就这样稀里糊涂地喝着茶,直到不知哪一天,茶被惹恼了,翻脸成了我的敌人。当时的情形是,哪怕午后不慎喝一口茶,赶紧吐掉,夜里都要失眠。那段日子,无需最后那一根稻草,一粒茶好像就能够把我压垮。那就老让我想起听来的一个段子,说的是一个汉子在火车上推销茶,大声吆喝:"卖树叶子,卖树叶子!医治瞌睡病的!"茶是树叶子,这没有错,但瞌睡不是病,睡不着瞌睡才是病。那么,那能够医治失眠的树叶子,还在哪一棵树上,没有采来呢?

不知一个什么好日子,也不知什么事需要一个茶局来张罗,我豁了出去,索性喝开了茶,然后在夜里大睁着眼睛,继续和自己过不去。我没有想到的是,茶被我出其不意的进攻冲破了防线,竟然向我投降了。那天夜里,睡意很快袭来,我睡了一个踏实的好觉。就那样,我和茶又一起重新上路了。

一年春天,我去了江南,在作家茅盾老家乌镇喝了一壶新茶。那是一家陈旧而别致的茶楼,要不是运河里的机动船在窗下闹得厉害,真是坐下来就不想走了。门口一个老人,一口锅,一筐新摘的绿鲜鲜的茶叶,热炒热卖。我在现场泡了一杯那茶,没喝几口,身上的旧衣裳差不多都变成了新的。我本来要买那新茶,都已经谈好了价格,却被同行的人制止了。他们已经在头一天上了当,在某一个景点喝了新茶,然后指着那茶买回去,竟然闻都闻不得,只好一丢了之。旅途的折旧速度让人错愕,也让我对那个面目慈善的老人起了疑心,空着两手离开了。

过了几年,我去一个朋友开的茶舍喝茶,她要我在留言簿上写一句话。我不假思索,提笔写道:"旧衣入室，华服出门，茶艺赐我一身新。"

我离开了那间茶舍，才知道自己写错了话。那赐我一身新衣服的并不是茶艺，而是运河边上那个炒茶的老人，再往远一点说，是那些种茶和采茶的人。我已经去参观过一些茶山，以及制茶的作坊或工厂，知道每一粒茶的清香里都藏着一丝苦涩。何况，我依然没有闲工夫研究茶艺，对那一套繁文缛节没有多少耐心。至今，除了陆羽的《茶经》，我并没有看过第二本关于茶的书，就连那些贴着茶走的说明文字也很少关注。我还和当初一样，只是把茶和白开水区分开来，那就是我的茶道。我需要提醒自己的是，有了新茶就得抓紧，还有，不胡乱抛洒一粒茶，常常想一想人家的来之不易。

我几乎是在喝茶的同时开始吃烟喝酒，后来把烟和酒都戒了，茶成了最爱。早上起来七件事，茶茶茶茶茶茶。几十年下来，终归有了一点进步，吸一吸鼻子就能判断茶的新旧，以及好坏。口味更是渐渐走高，一天比一天挑嘴了。这也难怪，谁叫日子越来越有滋有味了呢？

时光在流逝，年岁在增长，身体的旧毛病总会走掉一些，却又把新毛病换上来。瞌睡那个旧毛病却一直存着，什么树叶子都没有用。我是说，茶与瞌睡，在我身上相安无事。我要是不新沏一杯茶喝下去，十有八九会睡不好觉。我每一次外出，可能会忘了带药，却不会忘了带茶。当年，我要是不放一本书在伸手可触的地方，夜里就睡不踏实。现在，书换成了茶，书的丰饶换成了茶的单纯。我可能会听见茶水咕噜咕噜，那是在抱怨我的浪费，或者奢侈，但我正有一个好梦，就假装没有听见。我知道我该在什么时候醒过来，那会儿，茶水已凉，一丝儿热气也冒不起来了。

我在茶香里与一个个泡旧了的日子作别，然后，迎来一个个崭新的黎明。

茶香，总会在新的一天冉冉升起。

雪后的茶

它们嘈嘈杂杂地商量一阵,
不等意见统一便胡乱飞出,
扑上了那几棵雪松。
雪松上原来积了那么多雪,
倏然间被翅膀撩翻,
被脚爪蹬翻,
被碎语吵翻,
纷纷扬扬从空中飘落下来。

雪停了。我站在窗前，没有看到一点积雪。楼层太高，树顶就太低。成都城里下了一场雪，树顶却没有挽住一抹雪白。那些低矮的屋顶，还有地面，更是生硬得可以，都拒绝留下一点雪来过的迹象。

窗外却是有过大雪的景象的。我在街上时，雪花就已经密起来。我匆忙赶回家中，不是躲雪，而是生怕错过了乱雪扑向高窗那一幕。窗外的雪还真是一派乱象了，那光景，可能十年二十年不遇吧。大雪已经开了一个好头，照这个样子下下去，不上一个小时，在街边堆雪人都不成问题了。

我泡了一杯茶，转眼工夫，雪却稀了。

我顾不上喝茶，守在窗前抓紧去看，雪却停了。

茶，也渐渐凉了。

我在窗边往下看了许久，好像雪会从地上树上屋顶上生出来。

朋友打电话来，约我出去喝茶。他大概出门寻雪失望，转而向茶。他挑的那家茶舍离我家很近，站在窗前就可以看得见。

我下了高楼，向茶舍走去。我这才看见，街边其实是残留着雪的，星星点点。高空中铺张的雪，落地之后竟是这等可怜模样，还不如赶紧融化了干净。

朋友已经先到一阵。他穿得单薄，却搭一把竹椅坐在茶舍外面。茶几上那一杯茶，已经不冒热气。

茶舍背靠锦江，门脸朝向一个小水池。池边有几棵雪松，还有一棵银杏。树下过来的风还有雪意，有点割人。

我问他为什么坐在露天，他说他在等待。他还约了别的朋友。他们离这儿远，都还在路上。

我说，你是不死心，在等雪吧？

他说，我在等太阳。

他为我唤出一把竹椅，一杯茶。我成天坐得太多，不会放过站立或是走动的机会，便围着水池一圈一圈地走。我望了望天空，结果望到了自家的窗。

刚刚下了雪，太阳哪会说出来就出来。

朋友叫我坐下来。他说，你这样晃来晃去，池里的鱼就不会跳出来。他说，我并不想看你，我想看鱼。他说，鱼并不想看你，鱼想看我。他说，鱼是我的知己。

他就是这样，无论说话还是写文章，都喜欢来一点突兀。鱼怎么成了他的知己？因为我来之前，一条鱼从水中不时蹿出，看看太阳是不是出来了。就是说，他可不管那鱼愿意不愿意，认定人家和他一个脑筋，都盼着太阳尽快出来。

我依然围着小水池转圈，并且跟他较起真来。子非鱼，焉知鱼之乐？换言之，你怎么知道鱼在盼太阳？你怎么知道，鱼跳起来，不是看看雪还在下否？

子非鱼，焉知鱼非我知己？

很快地，我们大概都意识到了，这样学着古人的腔调讲着老旧的道理，并没有什么乐趣。

但他是不肯轻易服输的。他说，鱼在空中用力地折叠和旋转尾巴，以调整头的方向，而鱼头正是朝向太阳的位置。

厚厚的阴云罩在头顶，天知道太阳在什么位置。

他从竹椅上站起来，比画着鱼的飞翔。他那身段，怎么比得了鱼。鱼在水池中终于忍不住，自己跳将起来。他不好意思继续替鱼表演，当然也不好意思亲自到水池中去跳一回。

我却也看得仔细，鱼头是朝着西边的。这会儿是星期天的午后，难道已是夕阳西下时分？

他却说，他的知己不是这一条，是另一条。他说，这一条没有那一条跳得好。

一场好雪已经失去，那好，就认定那一条是好鱼吧。

我的那杯茶还没喝又冷了。我说，我今天就想喝一杯好茶。

他又在竹椅上坐下来，终于说到了雪，却又只开一个头就转到太阳身上。他认定从雪花到太阳不会是一个长长的过渡。他说，太阳是个明白的太阳，很快就会笑眯眯地露出脸来。

他大概舍不得为自己添一件厚衣。那个明白的太阳，你干脆出来好了。

一场大雪似乎就要这样轻描淡写地过去，不料，还有一场小雪下给了我们。

一群画眉飞了过来，歇在附近的灌木丛中。

朋友说，画眉和鱼一样，也在我来之前就出过场了。它们当时就是从灌木丛中飞出来的，扑哧扑哧，上了一棵雪松，打翻了几片雪花。

这会儿，几十只画眉又开始新一轮表演了。它们嘈嘈杂杂地商量一阵，不等意见统一便胡乱飞出，扑上了那几棵雪松。雪松上原来积了那么多雪，倏然间被翅膀撩翻，被脚爪蹬翻，被碎语吵翻，纷纷扬扬从空中飘落下来。

接下来，画眉又分出一个小分队，扑上了那棵银杏。

我这才注意到，银杏树上还残留着一些叶片。那叶片也被画眉弄翻，在空中飞舞。天光依然晦暗，我看不清叶片的颜色，只觉得眼前砸下了大朵大朵的雪花。

这一幕先前为朋友预演过，在他眼里已是平淡，在我眼里却是稀奇。我在高楼上时，并没有看到哪一丛树顶有雪。这一下我知道了，就是一片银杏叶，大概也留住了不止一片雪花。

两条鱼一齐从水中跳起来。这一回，总该是出来看雪了。

画眉玩出了又一场雪，很小，却差点打翻我心中的某一场大雪。

我顾不上多想，还得抓紧看着眼前这一幕。我知道，残雪逗来的画眉，画眉播下的新雪，也会转瞬即逝。

画眉飞走以后，又有一个朋友赶到了。他对我们在这雪天观鱼赏鸟什么的不感兴趣，只顾着打电话催促另外一个朋友。

另外一个朋友在电话里说,他那边的街上积雪了,他得先陪孩子玩一阵雪,然后再赶过来。

风似乎没那么割人了。我在竹椅上坐下来,招呼掺茶的美女,请把我的冷茶换成热茶。

戏
楼

前不久,我去绵阳游仙乡下采风,在著名的马鞍寺外见到一座旧戏楼,名为乐楼。那歇山顶抬梁式木穿斗结构建筑,被石础连同通柱举起,成了一座吊脚楼。它的面前是一块坝子,背后是一面山坡。坝子是空的,谁会老跑来看一座没戏的空楼。

我老家场镇上原有一座戏楼。前几年,我特意去那儿看看,它已经被水泥建筑替换掉了。我没有打听它拆于何时,因为它既没有多么久远的历史,也没有什么特别的工艺。

我小时候最热闹的记忆却在那儿。那会儿,戏楼主要用来开大会和放电影,偶尔也表演文艺节目。我读小学和初中时参加了文艺宣传队,好几回登上戏楼,表演对口词和三句半。每一回坝子里都站满了人,却不挤,他们好像并不需要知道台上都说了什么,大概能放下农活松一口气就好。夜里放电影的情形就不一样了。银幕在戏楼上挂起来,一个公社的人差不多都跑来了,居然没有挤死人,简直是个奇迹。

这些年,我在别处见过一些戏楼,都远远盖过了老家那一座。它们大都是古迹,造型别致,造工精致。这不一定是它们得以保存下来的理由,因为当年"破四旧",就专对别致和精致下手。它们一般不会再上演什么好戏,却都会以大体相当的方式,诉说各自不同的记忆。

欲知世上观台上

不识今人看古人

这副对联，挂在一座旧戏楼正面的柱子上，文字内容和制作工艺都有"古人"范儿，却拿不准是不是老祖宗传下来的。戏楼外墙上有一块挂牌，一点不忌粗糙和稀松，倒能一眼看出是"今人"做的。挂牌上面是一段说明文字，记述戏楼的前世今生，劈头便说曾毁于某时兵灾，某时某人集资重建，云云。何时初建，它却只字不提。短短几行文字，疙疙瘩瘩，坑坑洼洼，竟也翻译成了英文。

这类粗制滥造的牌子，如今随处可见。我不是个中高手，就算看出了什么问题，一般也会默不作声。我不过是一个观众，毋须厘清，不必较真。没错，少看几行字，多松几口气。

前不久，我去绵阳游仙乡下采风，在著名的马鞍寺外见到一座旧戏楼，名为乐楼。那歇山顶抬梁式木穿斗结构建筑，被石础连同通柱举起，成了一座吊脚楼。它的面前是一块坝子，背后是一面山坡。坝子是空的，谁会老跑来看一座没戏的空楼。山坡生满杂树，好像藏着小路。当年台上唱戏，不知是否有人疑心，伏兵是从那密林之中杀出,逃兵是从那乱丛之中退走。或许会有人瞎想,才子佳人,洞房花烛,退场之后不过是野草闲花,风云月露……

我也有这样一点好奇,没有随采风团队进入马鞍寺参观,和当地一个朋友一起登上了乐楼。我站在外突的舞台上,突然有了一丝局促,少年时代的怯场好像还有一点残留。我从老家走出以后没有上过任何戏楼,也不再有过任何表演,早把那些过时的台词丢光了。一个"乐"字,突然间让我想起了当时说过的三句半。

东风劲吹乐开怀,
敲锣打鼓走上台。
少了一人怎么办?
我来!

我就是那个最后从后台跑上来的"我来"。接下来,半句一路到底,比如"打倒",比如"砸烂",比如"要警惕",比如"永向前"。当时,别人不是锣就是鼓,我拿着一个巴掌大的马锣可怜地敲,总觉得受了欺负。其实,戏全在我一个人身上,满坝子的人都在等着我那半句，乐呢。

这会儿，当地朋友向我介绍着当地的文化遗存，如数家珍。我知道了，乐楼是绵阳市乃至四川省保护得最为完好的清代戏楼之一，耳室里的壁画和墨书戏班题记，都是研究戏剧和民俗的珍贵资料。这让我想了想老家从前的戏楼，没有任何字画从记忆里翻出来。因此，我好像没有了和当地朋友对话的底气，只好勉强以半句回应。

当天，我参加了当地为采风团组织的座谈会。我知道在这样的场合，有个"我来"就行，不会有"少了一人怎么办"这样的问题。提意见提建议，完全可以敲敲马锣，说半句留半句。我准备给乐楼提一点建议，在正面柱子上挂一副对联，再在外墙上挂一块规整的说明牌，就行了。但是，当地干部诚恳而务实的态度感染了大家，轮到我发言的时候，会场上的热烈气氛已经将我裹挟。结果，好话差不多一句没说，别处戏楼的那一份粗糙和稀松，也差点让我说到了乐楼头上。我看见，当地干部都在埋头做着记录，不时点头称许。

事实上，我不过是一个观众，真是抱着放松一下的态度去的，并没有完全弄明白自己究竟看到了什么，听到了什么。我看那些壁画，不如小时候看连环画仔细。我看从前的戏班在墙壁和梁柱上留下的那些文字，也不如看一首小诗认真。我甚至都不知道乐楼如何躲过七灾八难，幸存下来。我不过暂离地面一会儿，让不知哪个方向过来的风在耳边吹了吹。

不料，当地一个干部在散会之后找到我，要我再开一个小灶。

你看，乐楼上应该挂一副什么样的对联呢？

原来的。

不知道原来有没有。就是有，佚失多年，也不一定能考证出来。新撰一副好不好呢？

不大好。

你介绍的那一副好不好？欲知世上观台上……

也不大好。

下面那块石碑，确实有点不大配，我们会尽快研究，怎么处理……

不急不急……

两个人的对口词，让我说成了一句半。

我这是心里没底，气短。我知道，我们所触碰的话题，"传承"也好，"挖掘"也罢，都不是那么简单，至少不是走马观花一番,就可以指手画脚一气。我自己大概一不小心,已经成了一块不合格的挂牌,粗糙开头,稀松结尾。

我想,我应该再去一次乐楼。我要在那坝子里站上一阵,静心听一听那些消散在风中的戏文。我要慢慢登台,尽量不在木梯上踩出响声。我要像看图识字一样,把那些壁画和题记细读一遍。然后,我要演一出独角戏,一个人包揽四个人的台词,嗓门尽量大一点,让背后山坡上某一棵树也听得见。

乡野寻路风满怀,
独自一人走上台。
眼界未开怎么办?
重来!

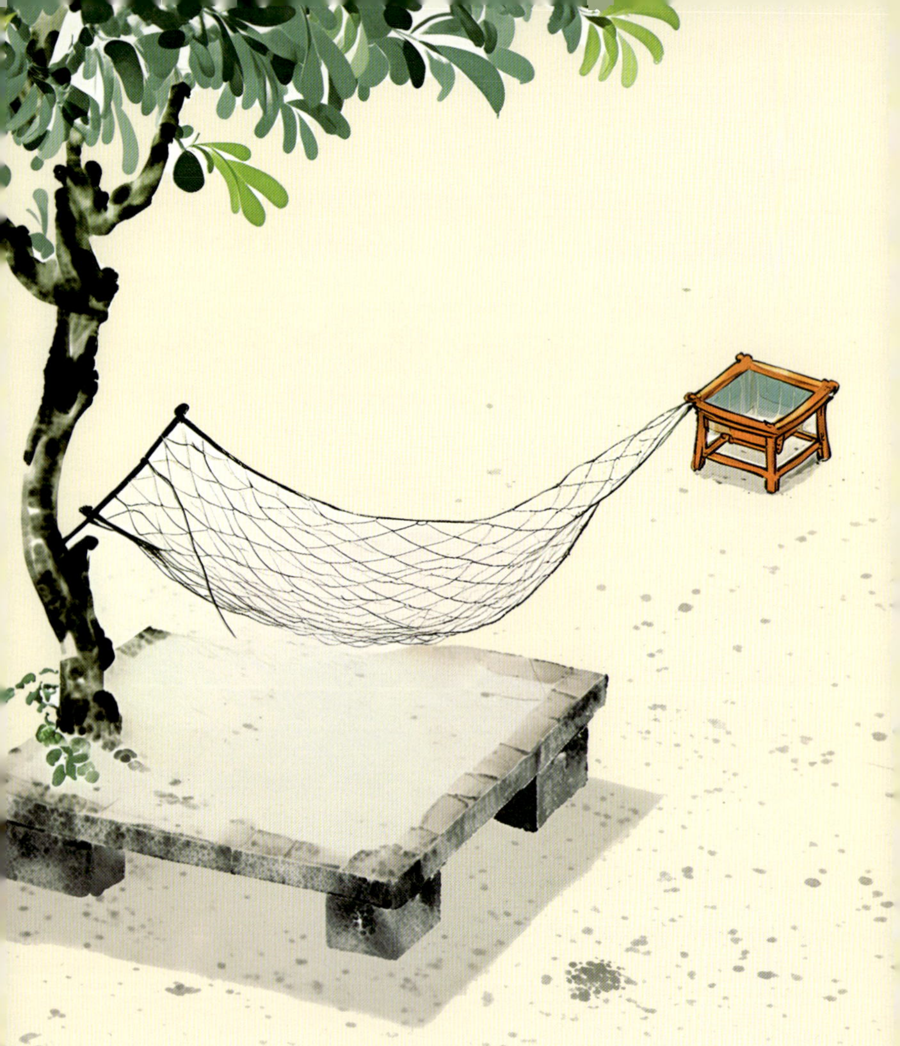

农家渔网

我也没有走开,
一直站在那儿看着渔网,
看着它在一个人的手里摇头摆尾。
生活大概就是这样,
缠缠绕绕,折折叠叠。

这是一道斜坡,有一条水泥公路滑下来。我们从一只铁壳船上下来,上了一辆在坡底等候的车。车弯来拐去向上爬,到了一户农家。

大水库已经被抛到脑后,看不见了。

我们一行几人从城里出来赏春,当地朋友把午饭张罗在这儿。这是一栋三层砖楼,面向公路。公路外侧有几株果树,大都开了花。

午饭还要等一会儿,一部分人上了楼,一部分人坐在院坝里晒太阳。我想随意走走,几只鸡为我让路,大都到了公路上。一辆摩托突然窜出来,把一只鸡惊到了一株花树下。

男主人抱着什么东西从屋里出来。我指一指那株花树,问他,那开的是什么花?

那不是花。

那有点像玉兰花。

那是枇杷。那汉子说,那是新发的叶子。

我出了洋相,赶紧埋怨视力。老实说,枇杷树长什么样子,我并没有确切的记忆。那新发的叶子朝上支着,看上去真有点像玉兰花,只是颜色不够鲜艳。前几年,在一条山谷深处,我看见一树玉兰花俏立在岩崖上，在那儿逗留了将近一个小时。那山谷中的美人，在这个春天里，不知是不是还那样风姿绝尘。

枇杷树旁边是一株梨树，这不会错，正开着花。

这次赏春活动分两天进行，第一天看水库，第二天看梨花。我们已经知道，成片的梨花离水库还远。我的老家盛产雪梨，这时节梨花正开得像大雪一样。梨花也是美人，但我从小就见惯了她，还因为饥饿和她闹过别扭，所以，我并不觉得它有多么养眼。我倒是时常向人炫耀，自己从小就会嫁接果树。我嫁接的梨树，如果有幸存活下来，那么，这会儿，或者在梨园里热闹着，或者像眼前这一株，孤单而寂寞着。

汉子抱出来的是一团渔网。他把渔网丢在院坝里，在一只小凳上坐下来。

我问他，要去打鱼吗？

他说，刚刚打过。

我想，这是要晒网了。三天打鱼，两天晒网。我们这一行人，也算是出来晒网的。

汉子却没有把渔网铺展开来，而是分出一绺一绺，折叠起来。晒太阳的朋友们已经在谈论国际问题了，其中一位扭过脖子，碰了一下渔网的话题。他向我推荐一首题为《生活》的诗,正文只有一个字,网。我把这首诗一字不漏地背诵一遍,他立即坐正,回到国际上去了。

我不知道,那首诗所说的生活,是撒开的网,还是收拢的网。

地上这一团收拢的网,可以看作一份撒开的生活。这里的水库是二十世纪七十年代修建的,在蓄水以前,这一带的农家大概是没有这一份水上生活的。

汉子一直埋着头,手上的动作不紧不慢。他整理过的小半团渔网,看不出生了什么变化。他好像在做一件没有意义的工作。

我又问,这网要是弄乱了,还理得清吗?

他看我一眼。他大概有点纳闷,好好的网,为什么要把它弄乱。

我自己也不知道,为什么会提这样一个问题。

他说,我能够,你不能够。

我就是没有把叶子误认成花,没有胡诌什么诗,他大概也会这样说。

谁都有看走眼的时候,这没什么。枇杷树的辨识度那么高,我都没有认出来。

我想换个话题，问问他会不会嫁接果树。话没出口，我就咽了回去。他就是认为我连梨花也不认识，我也不会和他较真。这会儿，我可不愿意去碰"我是谁"这样的问题，那可比弄乱的网麻烦多了。

几个朋友改谈历史了，我没有加入进去。我也没有走开，一直站在那儿看着渔网，看着它在一个人的手里摇头摆尾。生活大概就是这样，缠缠绕绕，折折叠叠。我想了想一片水或是一缕浪，想了想昨天的浅或是明天的深。我好像什么也没有想，只不过就着一点简单，或是一点陌生，发了一阵儿呆。我有了这一份闲工夫，也就有了这一份耐心。这就像在山谷深处看玉兰花，我仿佛又听见了时光慢下来的声音。

我知道，并不是每一处开花，都能够让脚步停下来。

我也知道，并不是每一次撒网，都能够捕捞到一点什么。

太阳懒洋洋的。没错，我不是来打鱼的。这一团渔网，不过是要缠绕一下我匆忙的脚步，并为我折叠一份消停。它就是撒开去，我也只要它捕捞上来的一点浅水，稀释一下过于黏稠的生活。

我仔细看了看那株枇杷树，今后，我大概不会再把它认错了。树下的鸡已经变成两只，我却又说不准最先到达的是公鸡还是母鸡。两只鸡的调情可能已经收场，也可能什么也没有发生。另外的鸡凑了过去，我就认不出原先那两只鸡了。鸡的辨识度不高，看上去都差不多。

　　这砖楼，这水泥路，这果树，看上去也和我的老家差不多。

　　这一下，眼前的一切都变得熟悉起来，亲切起来。

　　那些鸡又走过来，陆陆续续回到了院坝里。它们当然不会去啄那一团渔网。那里面什么也没有，它们都知道的。

两个名字

那么多的野花,那么多的杂树,我却大都叫不出名字。
一些山头和石头,却又有了新名字。
天空很蓝,却也有云。
我胡乱想,一个人要是站上了云端,
那么,轻唤一声他的小名,
他也依然能够听见。

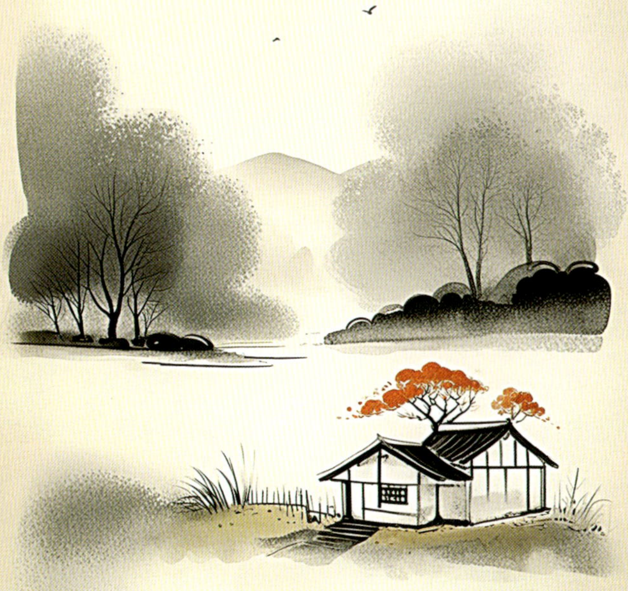

我上小学的时候,一个外地口音的手艺人到我家院子里绷箩子。我听见他说从仪陇县来,光是走路就要两天。大人们说路好远,他说,再远,也要为人民服务!

我们娃儿家是喜欢外地人的,因为他们会带来一点远方,一点新奇。我缠着他问这问那,他突然反问我,你晓得,张思德是哪儿的人?

那会儿,全国人民都在学习"老三篇",小学生也不例外。张思德,加上外国人白求恩和古人愚公,谁都晓得。但是,《为人民服务》里面并没有说,张思德的家乡在哪儿。

韶山!我刚说出来,又赶紧改了口。不是北京,就是延安!

仪陇!他说,张思德是我们仪陇县人!

我只晓得朱德总司令是仪陇县人。我说,那是朱德,不是张思德!

他的口气大了起来。总之,一句话,最大的司令,最好的士兵,都是他们仪陇县人。

一个箩子匠,竟然敢这样"绷"。我说,名字里有"德"的,都是你们仪陇县人?

他并不在意我的态度,只管说,张思德的家离我们家不远，我连他的小名都晓得。

尽管我当时还不大明白什么是"比泰山还重"，却也晓得，张思德这个名字是不能拿来乱说的。我大声说，你说反动话了！

他好像被呛着了，不再吭声了。他绷好一面箩子，饭都没吃就走了。

张思德是哪儿的人，这个问题在老师那儿就有标准答案。白纸黑字，仪陇。他的小名却成了悬案。我的年幼无知，我的自以为是的"觉悟"，让本来要脱口而出的一个小秘密长久地噎住了。我后悔得不行，只好暗地里为张思德虚构了一串儿小名，然后自己给自己上纲上线。我盼望着那个箩子匠再次出现，验证一下我的虚构能力，却一年一年落了空。

我第一次去仪陇，已经参加工作了。我和单位同事一道，专程去参观朱德故居。仪陇苦寒，春天里却有好景致。路旁的野花，坡上的杂树，似乎都和别处有些不同。山形地貌，故事传说，更是让我暗自称奇。马鞍，既是山名，又是地名和场镇名，终于等来了一个与之相配的大人物出世。朱德，生也马鞍，战也马鞍。他离开了水瘦山寒的马鞍，又跨上了枪林弹雨的马鞍。他在自家阁楼土墙上凿出的那一孔窗,框定了他打破黑暗的刚勇,也展张了他亮开眼界的雄阔。他早年从那儿看出去,道路隐约,山峦起伏,天际苍茫,乱云飞渡。而我们后来者,从那儿窥望到的却是他那朴拙而威猛的身影,肩挑背磨,胼手胝足,金戈铁马,气吞万里如虎。

那一次来去匆匆,我还是零星听到了张思德的故事。张思德留给仪陇的故事不是太多,关于他大名含义的版本却有两个:一说因双亲亡故,他是吃百家饭长大的,他的养母要他长思父老乡亲养育之德;一说是他报名参军时由部队干部所起。至于他的小名,却依然无从得知,尽管社会已经转型,一般不会有人动辄乱扣帽子了。自然地,我想了想那个箩子匠,但就是擦肩而过,我也不一定能认出他了,那么,我即使想向他道一个歉,大概也没有机会了。

事隔三十年,我才再去仪陇,并且一年之内去了三次。我看到了,今天的仪陇人,正在围绕"德"字做一篇大文章。大大的"德"字镌刻在山石上,气势磅礴。新迁县城的街名和店名,都乐于拿"德"字来做招牌。包括宣传手册、宣传标语在内的各类文字,也从不同方向在向"德"字聚拢。

朱德，张思德，两个名字中相同的一个字，被圈点了，被大写了。

德，这个从古至今都处在显要位置的汉字，这一次，从同一个山乡的两处农家走出，走过田间小道，走过万水千山，功成名就，衣锦还乡，走进了一块金匾。

德，让地位悬殊的两个同乡彰显了一样的品质，朴厚稳实，忠诚勇毅。

德，让一个元帅和一个士兵并肩而立，不分贵贱，不分高低。

德，一个字的警句，一个字的座右铭。

德，一面镜子，一面旗帜。

这一篇用大名书写的大文章，刚开好头，必将有发展和高潮。

另一篇关于小名的文章早已开头，却应该有一个大方的结尾了。

张思德牺牲时才二十九岁，他那张唯一留下来的照片，还有他在纪念场馆里的塑像和画像，看上去是那样年轻，所以，对他而言，似乎是用不着"为尊者讳"的。反过来，正是因为他离开这个世界过早，而翻出他的小名，唤起他的小名，或许能够让他既驻留在一篇文献中,又鲜活在人们有凭有据的想象里。

换句话说,张思德的人生,不仅需要一个盖棺定论的结尾,还需要一个起根发苗的开头。

哪个人的一生,不是从答应自己小名开始的呢?

一个诗人朋友一连写了三首诗献给张思德,他这样写道:

知道你烧的木炭很暖和的人,知道你手艺的人,越来越少了。

谷娃子,知道你小名的人,也许,只剩下我了。

谷娃子!哦,谷娃子!

诗人凭采访所获的一粒"谷",击倒了我那一串儿虚构:一头牛,一棵松,一个石头……

我最近一次去仪陇采风,和这个诗人朋友同行。签到的时候,我跟他开玩笑说,请签上你的小名!

他签上了他的大名。他对我说,我的小名太小。

我也签上了我的大名。我说,我这大名也小。

大名,说小就小。他说,小名,说大就大。

比如谷娃子。我说,谷物,谷米,五谷丰登,哪一个小呢?

  又逢春天,我们又去了马鞍。那么多的野花,那么多的杂树,我却大都叫不出名字。一些山头和石头,却又有了新名字。天空很蓝,却也有云。我胡乱想,一个人要是站上了云端,那么,轻唤一声他的小名,他也依然能够听见。这是因为,他的小名就留在大地上,留在地气中。如果那小名也追随着上了云端,那么,放开嗓门来喊,或者换上诗句来喊,他大概也能够听见。

我们在凌空架起的钢铁步道上行走，
不是隔岸观火，而是入瓮观火。
这里没有文火，只有急火。
我用手机拍下火的钢铁，或者钢铁的火。
我担心滚滚热浪会把手机融化，
或者，摄入手机的那一团火，
也会引发一场握不住的燃烧。

急缓之间

我这次去攀枝花，竟然误了飞机。我到达机场之后的时间本来是宽裕的，问题是，我好像把候机大厅当成了这次采风活动的第一站。我以为"时间不等人"，说的是时间不等别人。

我只好改签下一班飞机。我在电话里对那边的朋友说，攀枝花太急!

这是自我解嘲，说过了想一想，却有点相信了这句话。

攀枝花机场建在高岭，与天上的云多少拉开了一点距离。我从云中下来，坐在车上再往下看，公路以弯道和坡道不停地切换视角，高楼大厦在群山之中忽隐忽现，看不出攀枝花这座城有一点急的意思。那些高过山头的楼顶，想必都不是急于要冒出来的。

进了城，见了那些留在记忆里的树，也都还是上次来的模样，并没有疯长。

攀枝花的人，老朋友新朋友，也没有风风火火的角儿。

那么，总会有一场急雨吧？

我来过攀枝花几次，记忆最深的是雨。我已经拿不准那分别是什么季节，可每一次都遇到了雨。雨大都是在夜里下的，单听那声音就知道是急雨。说来就来，说收就收。我以此误判攀枝花是一座雨城，却被告知，它是阳光之城。

这次一夜无雨，梦里也没有。

新的一天骄阳似火。我们十几个人的文学团队，要去攀钢采风了。那么，攀钢将要为我做证，我那句话并不是说得急了。

我们都知道，攀枝花，从荒无人烟的山谷到人气蒸腾的城市，它走的是一条急于求成的道路。它周边那些神秘莫测的矿山，应该是以难以想象的慢生成的。钢铁，却要以迅雷不及掩耳之势，从那不毛之地蹦出来。

还是那句话，时间不等人！

一万年太久，只争朝夕！

急于求铁，急于求钢！

面对一片山头，一个巴掌拍下来，就在这儿建厂。不平，那有什么关系？"弄一弄就平了！"

这口气，说到底，一个字，急！

不知当时有多少双脚向那片山头踩了上去。那个阵仗，再倔强的山头它也不敢不平。

弄弄坪，它差不多成了攀钢的代名词。

我们到达弄弄坪之前，从一座桥上跨过了金沙江。金沙江奔腾而去，它为了更快地在下游翻开长江之名，看上去那是真急了。

车在弄弄坪密密匝匝的建筑中穿行，拐弯，爬坡。两旁有很多大树，不知有多少是那"弄一弄"之后就种下的。坡地上排满了宿舍楼，不知有多少是那"弄一弄"之后就布置的。那些占据了阔绰地盘的厂房，却不用问，肯定都不是最初的了，一而再再而三，不知已经改造过多少茬。

不改造，不创新，再怎么"弄"也不会有生路。

我们都戴上了安全帽，集中到了一个宣传窗口，听专业人员讲解钢铁是怎样炼成的。他们重点讲的是好钢，讲的是创新。我就是想装懂一下也不行，倒是有些急了，只想尽快去现场看炼钢。我要看看，什么样的烈火的肚皮，能把矿山吞进去，再把钢铁吐出来。

我并没有弄清，我们进入的是一间什么级别什么品种的厂房。总之，我平生第一次看到了炼钢，尽管只看到了结尾部分。我知道，这是最辉煌的部分。无论是探宝队伍还是建设大军，无论是骑着毛驴来还是坐着汽车、火车来，都是为着从那一座座矿山的肚皮里，把这一笔笔精彩抠出来。

钢铁搭建的厂房很大，好像可以跑火车。这大概是地上那一条条游走的火龙给我的错觉。那是还没熄火的钢铁，那是鲜艳而娇嫩的钢铁。事实上，它们正是将要载着火车奔跑的钢轨，只不过眼下还在自己学爬的阶段。这会儿，它们以没有火焰的燃烧，连同那巨无霸的火炉轰轰烈烈的燃烧，一齐把浩浩荡荡的热量向我们吹送过来。

我们在凌空架起的钢铁步道上行走，不是隔岸观火，而是入瓮观火。这里没有文火，只有急火。我用手机拍下火的钢铁，或者钢铁的火。我担心滚滚热浪会把手机融化，或者，摄入手机的那一团火，也会引发一场握不住的燃烧。

炎风扑面，火流熏心。我再一次急起来，草草收场，快步走完了钢铁步道的结尾部分。

我却也知道，对那些刚刚出笼的新鲜的钢铁来说，这仅仅是一个开头。

而我自己，第一次到钢铁企业来体验生活，这可不算一个好的开头。

我急于看钢，并没有认真看一看在那热浪中劳作的工人。这好比，我进入乡村只顾着观光，并没有认真看一看在田间地头劳作的农民。

我本来是抱着庄重的态度来参观学习的，结果，我好像是来看稀奇看热闹的。在我眼里，什么钢都一样。换句话说，谁都是好钢。那让工人经年累月置身其中的高温，竟让我急于到外面去透一口气。说到底，我既没有看清一个人，也没有看够一块钢。

我动身来这里时慢了半拍，误了飞行。我参观炼钢时却又快了几步，乱了方寸。

我的身体有点病痛，经常接受的一种疗法叫作艾灸，那灸火微弱得连文火也算不上。我大概正需要这样一场四面八方的急火，从外到内烤一通。我却走得太急了，结果只剩下了脸上的一阵阵滚烫。

我真想把已经摘下的安全帽重新戴上，遮一遮头顶冒出的虚汗，并且还自己一副励志的模样。

我在座谈会上看了攀钢的成就宣传片，听了几个劳模的发言，不好意思再慢半拍，急着说话了。我说我一直为乡土写作，我大概会转而写一写工厂了。我表态说，我还会再来。

这是不是一个硬态，还要靠好钢来检验。

一个钢铁，一个粮食，基本上可以敲定"工农"二字。我知道，能写出粮食的金灿灿，不一定能写出钢铁的响当当。

这次在攀枝花，我还见缝插针，由一个朋友领着去看了心仪已久的苴却砚。那也是这片神奇土地上的好石头。我依旧没能看到原材料的开采，没能看到工匠的雕刻，又只是看到了一个慢工出细活的结果。那大大小小的砚台，在一间陈列室里低调地奢华着。

矿石在这一头，砚石在那一头。

粗犷和响亮在这一头，细腻和安静在那一头。

急在这一头，缓在那一头。

攀枝花，一头在豪放地吞吐，一头在精致地雕刻。

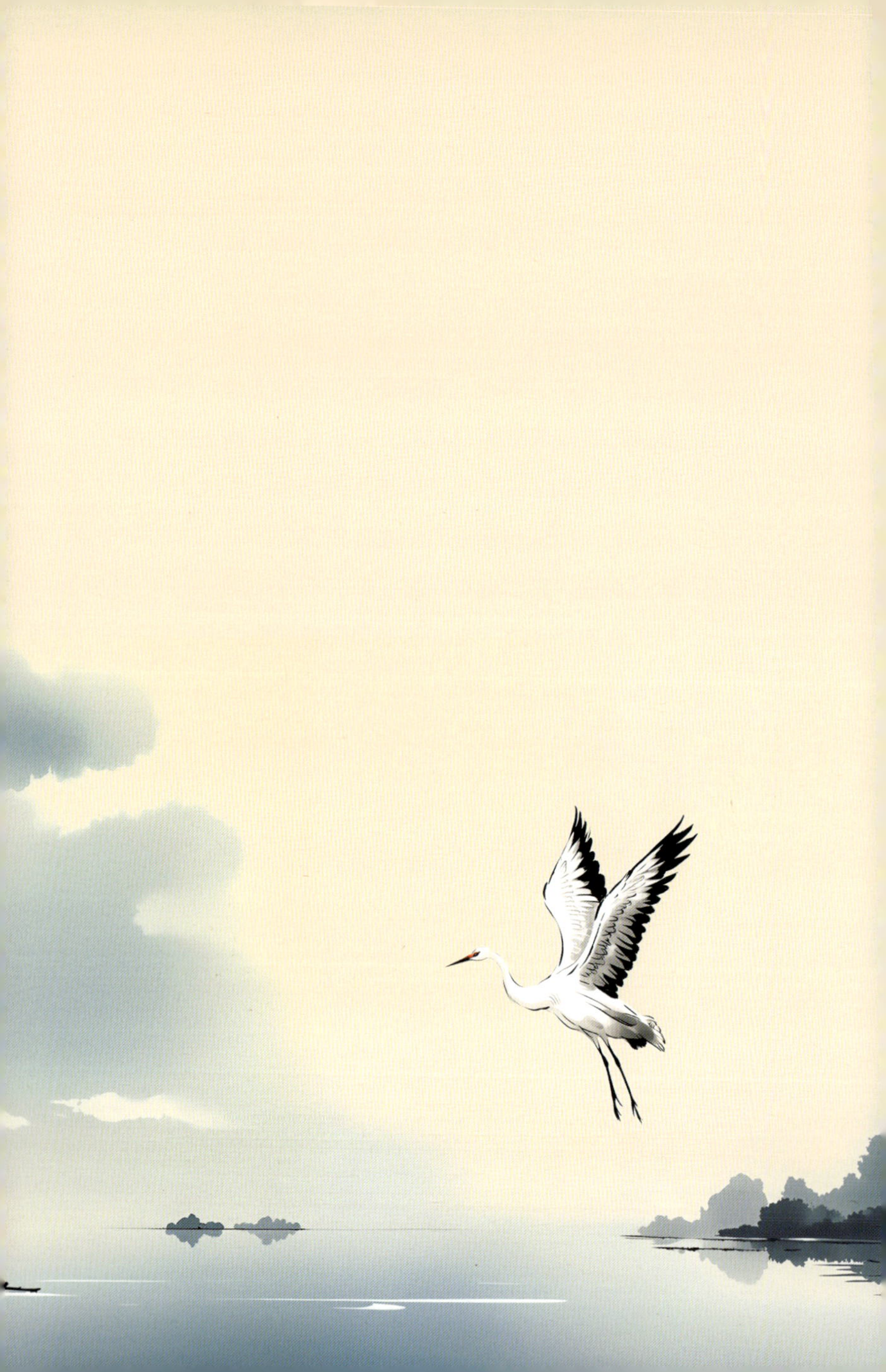

绿叶上的白鹤

那只白鹤就好像听到了召唤,
扇动翅膀,冲天而起。
它那一身洁白,
比正午的阳光更晃人眼睛。
我好像看见,一张轻盈的白纸,
已经化作一片绿叶,正在迎风飞舞。
这一切,更像是一个梦,
除了白,除了绿,还有天空的蔚蓝,
还有大地的姹紫嫣红。

新津这个名字，北周就有了，就是说已经叫了一千四百多年，还一直"新"着。它是成都的南大门，而成都之南的富庶景象，一直在不断翻新，如今"南拓"版图又囊括了它的全域，新津，它更会"新"上加"新"。

这一回，我正是奔着它这个"新"字而去的。

还在春天，正要进入夏天，坐车跨过岷江，恰有一种跨季的感觉。从春入夏，水位或已上涨。新津境内诸河，要么是岷江正流，要么是岷江支流。在时光的长河中，那些枝枝杈杈的流水或移位或易名，这不要紧，岷江之名万古长存，总会拉扯上它们浩荡前行。

下车，我被当地朋友领着，首要的是读图。如今阅读一城一地的画像，在哪里都差不多一样，既有电子屏幕又有纸质文案，还有活龙活现的沙盘。新津幅员三百余平方公里，一眼就能看见，它的版图状若一片眼熟的叶子，于是有了一个豪气纵横的新名字，叫"超级绿叶"。五河相汇，两山相拥，一方宝地，上风上水，以"绿叶"来完成一个独具个性的表达，为了避免让人误读出一份轻巧的小气，遂冠以"超级"。如此，我能够读出的，自然就是一份深沉的底气了。诗人还说呢，大地，不过是从人身上飘下的一片叶子。

这片绿叶，正托起一座公园城市。

接下来，我们坐上了环保观光车，沿着一条一条叶脉跑动起来，忽直忽绕，时起时伏。我已经感受到了，无论河流的叶脉，还是道路的叶脉，都有新的强韧和鲜活被逼现出来，正让这片崭新的"超级绿叶"，翻送出阵阵清气和芳香。不用说，人，一路走过来的新津人，他们律动的血脉里，更有新的激情和豪气在奔涌，让他们把果敢和奋发，书写在了成都平原南端。

我们来到了白鹤滩湿地公园。

这是成都市唯一的国家级湿地公园。初来乍到，本欲步行，但急于想把这一片有六百余公顷的水土看上一个大概，只得随车从流，一边听导游画重点，一边走马观花。

岷江急切切出了都江堰，即入开阔地势，流速骤减，沙石沉淀，便有了若干分支，成为典型的平原游荡性河流。金马河与西河在这里交汇，加上漫滩和阶地，高低不论，深浅不拘，在这样的地貌上建公园，平原湿地和人工湿地相得益彰。而这个区域地面以水稻土为主，草木无论贵贱都能来者不拒。所以，四下看去，草坪依着树林,林中现出平湖,湖心隆起小岛,岛上开满野花。

路旁也开满了野花,只是车在匀速前进,她们一晃就到了身后。

车不时会经过一座桥,也不时会擦身掠过一座桥。有水,有河渠,就会有桥。桥欺水,雄踞其上,却也亲水,醉卧其中。我的眼睛不愿放过每一座桥,大桥小桥,长桥短桥。我望一望桥身,再望一望它那跌入水中的倒影。我一直对那些仿古的桥心生排斥,因为很难有一个今天的人,能够把古代能工巧匠那一刀一刻之精彩复制出来,并且让人生出思古之幽情。今天的人不替古人做事,却需要有长远眼光,替未来做事。还好,这里的桥多以木构,多以绳连,乡野风情的执着,现代风味的简约,就这样被支撑起来,就这样被绾结起来。

就这样,湿地成了营地,公园成了乐园。

满眼都是野奢帐篷,满眼都是人。湖畔,树下,路旁,草坪上,到处都是来此体验露营的人。他们或家庭聚会,或情侣约会。他们生起炭火烧烤,登上皮划艇游玩。他们在消受一份精雕细琢过的自然的同时,也消受着一份提升了品质的野趣,一份提升了境界的诗意。

而我，也领受到了一份久违了的烟火气。

公园就应该这样，有的让你寻幽，有的让你消闲，有的让你发呆，有的让你抒情，有的让你撒娇，有的让你撒欢撒野……

湿地，最好，也能够让一颗心潮湿起来。这是因为，那颗心，或许干涸已久。

这些，在这里，好像都能够一一落实。

我听到了鸟儿的叫声，循声望去，却只是看见了树，以及它们那随风翻动的叶子。我想了想从图上读到的那一片叶子，尽管有些眼熟，却一时想不起来，那像什么树的叶子。

梧桐。导游告诉我，是梧桐。

"凤凰鸣矣，于彼高冈。梧桐生矣，于彼朝阳。"

《诗经》里的这个句子，让凤栖梧桐这个民间传说广为人知。相传，梧桐为知时知令的灵树，凤凰非它不栖，也就是良禽择木而栖。

新津，这一片超级梧桐树叶，不正是从一棵超级梧桐树上飘下来，成为大地的吗？

新津人，合抱为一棵知冷知热的梧桐，不是正在打开一片汪洋恣肆的绿意吗？

绿叶上的白鹤

车转过一个弯,鸟鸣再起。我看见了一个湖,湖面上有很多鸟,我却不能叫车停下来,向人请教,一一辨认。我刚在心里把它们笼统归为凤凰,却又立即做了纠正。凤凰只是一个传说,它不会以现实中的鸟来假托其身,这个常识自不必说。我想说的是,这些鸟原本就在这里,本身就是梧桐的一部分。换句话说,鸟们,还有其他的动物们植物们,本就是"超级绿叶"的一缕叶脉,一丝绿意。

我认出了一只白鹤,差点叫出了声。我想它飞起来,却又怕惊动了它。我知道,它是不甘雌伏的鸟,会展翅高飞直上蓝天。

白鹤滩,不正是白鹤栖息之地吗?

"晴空一鹤排云上,便引诗情到碧霄。"

我在心里正默念刘禹锡这两句诗,那只白鹤就好像听到了召唤,扇动翅膀,冲天而起。它那一身洁白,比正午的阳光更晃人眼睛。我好像看见,一张轻盈的白纸,已经化作一片绿叶,正在迎风飞舞。这一切,更像是一个梦,除了白,除了绿,还有天空的蔚蓝,还有大地的姹紫嫣红。

成都的黄昏

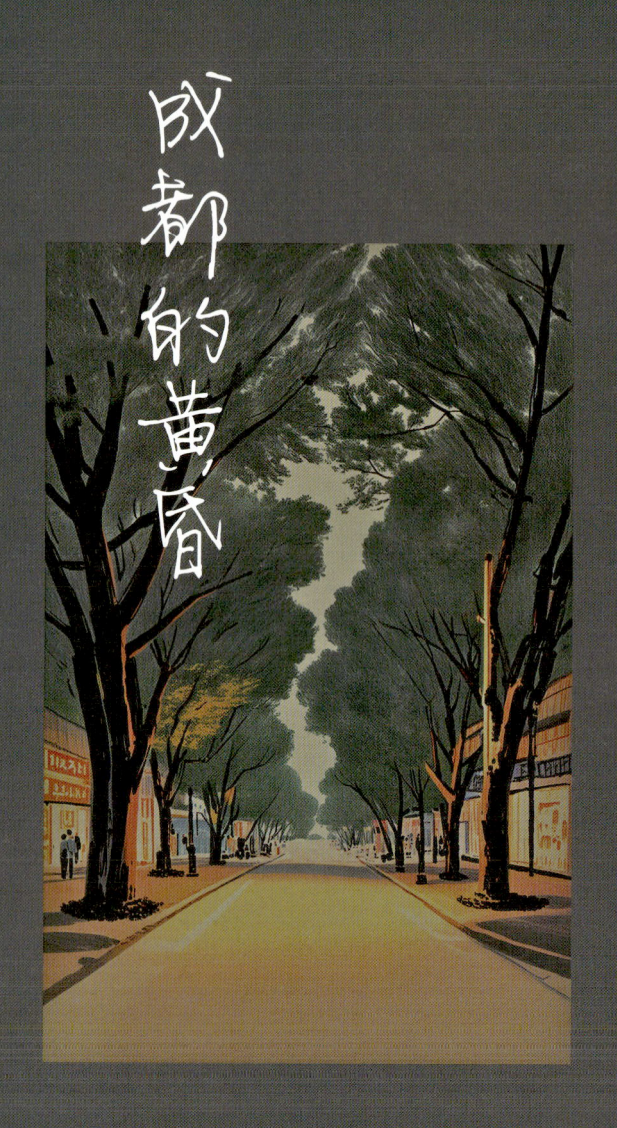

路灯还没有点亮,
街面却比别处要昏暗一些,
那是因为,两旁的小叶榕过于高大。
它们都要把枝叶伸展到对面去,
结果在空中搂在了一起,
拱起了一个绿色长廊。
我行走在绿荫里,
却不知道,我的哪一步,
会踩上三百年前张姓人家的脚印。

我在成都居住二十多年了。我不会开车，方向感差得一塌糊涂，是一个典型的路痴，也就是成都人所称的"菜鸽子"。举例来说吧。我家附近有一家糕点店，挨着一家药店，我是那两个店的老主顾，却总也记不住它们哪个在前哪个在后。我每次去，大老远就会不停地扭头，疑心那两个店已经被我抛在了身后。结果可能又是，我都到了药店门口，才知道多走了几步，然后退回去买糕点。即便如此，我还会在心里嘀咕，又不打比赛，咋又交换场地了呢？

这个夏天，全世界的大学生运动健将都到成都打比赛来了，我在电视上看了两场，才知道自己的视力又下降了。第二天，我去那药店买药，发现那儿多出来一家眼镜店，就顺带配了一副眼镜。眼镜店，竟然夹在药店和糕点店之间。我问店主，你这店，在这儿开多久了？她说，七年了。我还是表示了一定的惊讶，因为另一条街上，从哈尔滨过来的一对夫妻开了一间小店卖手抓饼，我从那儿过来过去，不到三年，我的眼睛就把那饼抓住了。我要是对眼镜店主说，我在你左右二店进进出出不止七年，今天才留意到你居中而立，说不定，她会给我的眼睛重新验光。

我是最近几年才戴眼镜的，至今都只是个轻度近视。我不会把我方向感方面的问题，或者心不在焉的毛病，赖到视力头上。我也不知道，我的观察力如此之差，这个作家是怎么当下来的。我把新配的眼镜戴上，从那店里出来，望了望天上的云，再望了望街上的人。不错，都很"高清"。那会儿已近黄昏，天上的云很稀少，街上的人却很稠密。我却看不出来，那些迎面走过来或擦身走过去的人，那些骑车走过来或开车走过去的人，哪一个和我一样，也是一个路痴。

我往回走的时候，想到自己都能突然间发现一家隐蔽的眼镜店，也突然间开心起来。我甚至想到，如此庞大的一座城市，要是没有成千上万的路痴，要是没有前赴后继的"菜鸽子"，那简直就是一个盛宴，少了一个特色菜品，少了一份酸甜苦辣。回想一下吧，手机还没有导航的时候，十字路口，红绿灯前，总会有人停下来，止住脚步或自行车，拿出一张纸，对自己的方向感进行一万零一次再复习再提点。据说，现在街头还能遇到这样的人。

黄昏时分，方向感差的人应该会更加急切一些，因为对他们来说，亮晃晃一片与黑茫茫一片，并没有太大的区别。但这一次,我一点不急,反而就像迷路的洋相还没有出够,还需要扮演一回"菜鸽子"。我并没有立即回家,而是从小区大门口向前多走了三五步,倒了一个拐,进了一条小街。

这条街很短,两旁都没有高楼大厦。路灯还没有点亮,街面却比别处要昏暗一些,那是因为,两旁的小叶榕过于高大。它们都要把枝叶伸展到对面去,结果在空中搂在了一起,拱起了一个绿色长廊。我行走在绿荫里,却不知道,我的哪一步,会踩上三百年前张姓人家的脚印。

这条街上,清朝时有一户张姓人家,一家五代一直没有分家,在一个院子居住,在一口锅里吃饭。这事竟然让乾隆皇帝知道了,他赐诗一首,题为《五福五代堂题句》。那首诗诘屈聱牙,那件事却何等了得,国史馆官员赶紧题写了"钦赐五世同堂"匾额。自此,"五世同堂街"这个名字,应该就有了。

我差不多每天都会在五世同堂街来来去去,而这一次,我好像是要从一个黄昏走向另一个黄昏。

那是一个小说的黄昏,一个虚构的黄昏。

那却不是一个路痴的黄昏,而是一个盲人的黄昏。

我在两年前写的短篇小说《五世同堂》，就是以"黄昏"二字开篇的。

黄昏，我在过草市大街时看见了老况，差点儿喊他一声。那是我第一次在"杨杨推拿"之外见到他。他右手拄的那根盲杖，我也是第一次见到。当时，我们面对面走到了斑马线中央。他有点急，盲杖更急，不停地在地上点着，好像在探测绿灯还剩多少光斑。我要是喊他，他的盲杖和脚步一慢，或者一乱，车流就会像潮水一般漫过来。

接下来，我在那篇小说中随意调度成都的街道，有的交换了场地，有的恢复了原名，有的本该向左我却说向右，有的本在东我偏说在西。那并不是一个路痴的胡闹，而是一个小说家的故意。换句话说，我那是在行使一个小说家的权力，让一座城市多出一点调皮、俏皮、风趣或幽默，就说多出一点新意也未尝不可。"我"在小说开头那一瞥，却是我本人在下班途中看到的真实一幕。开篇这段文字，只需做一个简单的换词练习，就能还原生活中的真实。那就是，把"草市大街"改为"三槐树大街",让"杨杨推拿"和"老况"都亮出真名实姓。还有,那会儿是一个秋日的"中午",而不是一个冬日的"黄昏"。

这两年,我一直有一个错觉,成都的每一天都是从黄昏开始的。

《五世同堂》在《人民文学》杂志发表之后,连获二奖。那可能是对成都某个黄昏的奖赏,也可能是对这座城市的路痴们的一个奖赏。

夏日的这个黄昏,我站在五世同堂街口,看着三槐树大街的斑马线。车流汹涌,两年前那个中午所看到的一幕,早已被卷得一干二净。我并不指望在那儿再看到一个熟悉的身影,就像并不指望那斑马线再弹奏出什么旋律来一样。街灯就要打开,黄昏即将结束。我转过身往回走,经过一家推拿店时没有停下来。那正是《五世同堂》中"杨杨推拿"的原型,我在那儿进进出出已经整整十年,并且在头天才去做过推拿。说不定,在前面街口,在一个倒拐处,一个故事的开头部分正等在那儿。那么,我可能又要有一场新的寻找了。那依然是一个路痴的寻找,从辨认东西南北开始,却不一定再从黄昏开始,倒有可能是从早晨或中午开始。

闪光

如果仅仅把蜡烛点燃,
而没有那一层小心翼翼的慈祥,
洗礼便会失去那一份令人心酸的庄严。
烛光并不明亮,却仿佛已经把世界照透。
如果把一切都暴露在阳光下面,
我们反而可能什么也看不到——
那些隐痛,那些忧伤,
那些倔强和坚忍……

王子死了。王子是一匹马,家里的贩运生意主要靠这匹马。英国作家托马斯·哈代的长篇小说《苔丝》上路不久,便让苔丝家这匹马意外身亡。他写道:"王子的遗体被抬到它原来拉过的车上,然后便四脚朝天,蹄铁闪映着落日,重新走过那八九英里它才走过的路,回到马洛特村去。"

苔丝的命运就此改变。马没有了,家里的生意垮了,苔丝去了"亲戚"德伯维尔家,然后失贞了,然后怀孕了。然后,孩子降生。这位少女母亲,已经顾不上对社会的什么冒犯,认定她的婴儿必须接受洗礼。夜深了,苔丝点燃一支蜡烛,让几个弟弟妹妹跪成一圈,让大妹妹捧着祈祷书,她自己则开始为孩子施洗。哈代写道:"小小的蜡烛的慈祥的微光抹去了她身材和面容上的小小瑕疵,如手腕上被麦秆残梗划出的伤痕和眼里的倦容,这些东西若是在阳光下是会暴露出来的。"

我读《苔丝》已经二十多年,但这两个场景一直没有忘记。确切地说,两处微光一直在我的记忆里亮着。今天,重读这部文学经典,我很容易就找到了这两个亮处,就像在夜里遇到落日,在水中碰到烛光。没错,两张泛黄的书页,因这两段文字而有了格外的亮度,并散发着灼热的气息，差不多闭着眼睛也能触摸到它们。

马早就死了，苔丝后来杀了人，也早就死了。但是，落日闪映在蹄铁上的光点，烛火涂抹在肌肤上的光晕，一直没有消失。传说中的文字闪光，在此算是得到了不用变通的例证。

我又看了一遍电影《苔丝》的碟片。看见了马，看见了洗礼，却没有看见那光点那光晕。就是说，在读图时代，影像也并不是无所不能。镜头大概在朝天举着的蹄铁面前犯了难，它大概认为那上面的光点可有可无。它当然可以特写一道伤痕或一副倦容，但要找到恰当的视角把烛光的慈祥拍摄出来，它大概有点力不从心。

在一部文学作品里面，光点却不是可有可无的，只不过几个字就够了。如果落日不能从笔端跃上蹄铁，王子最后的归途可能会有一些茫然，一些迷乱，这个细节就可能失去它应有的亮度，甚至可能失去它应有的意义。现在，王子撇下可怜的苔丝，高抬四脚向天上走去，踩出一个又一个光点，让一条路闪闪烁烁，却不管不顾尾随而来的无边无际的黑暗。

同样，光晕也不是无足轻重的。如果仅仅把蜡烛点燃，而没有那一层小心翼翼的慈祥，洗礼便会失去那一

闪光

份令人心酸的庄严。烛光并不明亮，却仿佛已经把世界照透。如果把一切都暴露在阳光下面，我们反而可能什么也看不到——那些隐痛，那些忧伤，那些倔强和坚忍……

我是想说，我们需要文学，有时就是需要它的一个亮点，以及一丝抚慰一丝体贴。我们有时并不需要它给我们带来宏大，反而需要它给我们带来细弱。从某种意义上说，文学小不过一个光点，大不过一团光晕。文学的光亮，似乎就是这样不经意间从细微之处发散出来，然后星星点点凝聚起来，辉映我们缺少光泽的生活。

文学的光点不是在我们的记忆里跳动，而是在我们的心上跳动。文学的光晕也许不能弥合我们的伤痕，洗涤我们的倦容，但它如果是一本书泛起的红晕，却有可能让我们羞涩。它如果就是烛光本身，照着的就不只是一个少女母亲的身材，还有我们每一个人的心灵。它不会为淫邪和恶毒涂抹任何形式的保护层，它会让丑陋与卑琐暴露在万丈光芒之中。文学满含悲情或爱意的微光，最终会化作明晃晃的手腕，为一颗颗蒙尘的心施洗。

文学之光在书页上闪烁，我们并不需要什么摇控器去调节它的亮度，它也会越来越璀璨夺目。

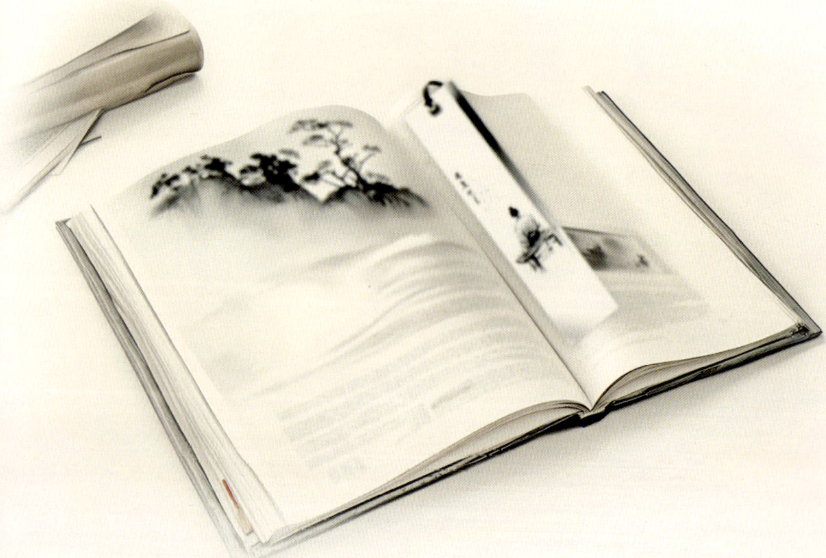

书签上的灰尘

书签从书中露出一头。
它没有被继续征用,
滞留在这本书某两页的夹缝之中。
如果不重读这本书,
我恐怕很难与这张薄纸片再打个照面。

这是我不曾留意的一张书签。它是《世界文学》杂志的随赠品，下端有时间标注，2010年第5期。算一算，它来到我的书房已经八年有余。

这张书签，没有和那本杂志厮守在一起。它们是怎样被拆散的，我说不清，当然也不需要说清。书和书签可以随意结合，不需要从一而终。

总之，《世界文学》的这个贴身丫头，归了另一本书来使唤。

这是我喜爱的一本书。《万火归一》，短篇小说集，作者是阿根廷作家胡利奥·科塔萨尔。

我还说不清的是，为什么是在这个黄昏，我突然想起了这本书。这也不需要计划，不需要逻辑。胡利奥·科塔萨尔正好就是这样，他的创作有意忽视规则，总在寻找例外，并且总能够将庸常的现实撕开一道缝隙，从中窥视另外一份真实，邂逅另外一个自己。

我把《万火归一》从书橱中取出，并没打算从头到尾读第二遍。我大概会从中挑出一篇或者两篇来读，比如《南方高速》，比如《正午的岛屿》。

书签从书中露出一头。它没有被继续征用，滞留在这本书某两页的夹缝之中。如果不重读这本书，我恐怕很难与这张薄纸片再打个照面。

这张书签,却没有让我的阅读立即重启。

它露出的部分不足韭菜叶宽,两面都沾满了灰尘。锋利的书边对灰尘做了直线的裁割,好像让模糊的时间有了某种精确的刻度。

它上下两端都在标注时间,下端用文字,上端用灰尘。

两个时间,标注着一本书的停泊。

书签上面,停泊着一个诗人的头像,还有他的几行文字。

他是叙利亚诗人阿多尼斯。他的头像有两幅,分布在书签两面。他在这一面腼腆地笑着,在那一面用拳头支着下巴,冷漠地板着脸。他一面像一个孩子,一面像一个思想家。他的眼睛在哪一面都没有看我,要么看着旁边,要么看着远方。他的头发却都是花白的,尽管他一定也年轻过,但书签的锋刃毫不犹豫地把他的青春裁割掉了。

我从事写作,
　但对它从不寄予希望。

书签上的灰尘

写作，超越希望。
然而，超越希望的写作，
也就超越了绝望。

这几行翻译文字，像绕口令。这应该不是诗，也不像是笑着说出的话。这也不像是用拳头支着下巴的庄重发言。

书签得到了一本好书藏着掖着的照顾，除了那不足韭菜叶宽的灰头土脸，绝大部分并未蒙受风尘，头像没有，文字也没有。八年过去，它依然保持着大面积的新鲜，如同初见。

我对这张书签没有一点印象，尽管它一定是我从一本书调度到另一本书的。我倒是想起来，2016年，在诺贝尔文学奖公布前十几分钟，阿多尼斯的名字突然成了网络热词，满屏都是他获奖的新闻。据说他的社交账号被盗，"自己"公布他获奖了。他这份腼腆的笑容，好像就是为那个"自己"提早准备的。翻过来，他这张板起的脸，也正好可以用来表达他对那个"自己"的愤怒。

我这样胡乱调度一下时间，那五行文字好像也重新排列过了。时间那细微的颗粒也好像正在弥漫开来,并没有什么精确的刻度能把它们拦截下来。

我让时间飞散一会儿,才用了一片软纸,把书签上那刺目的灰尘小心地擦拭干净。我换了一片软纸,再把书签两面都精细地擦拭一遍。

我一不做二不休,花了十来分钟,找到了《世界文学》2010年第5期。

原来,这期杂志封面上也印着阿多尼斯板着脸的照片。这一幅比书签上那一幅大,他的愤怒好像也因此放大了。

我打开杂志的目录,一眼就看到了"阿多尼斯诗选"。

我开始了八年前漏掉的一次阅读,或者重复着八年前的一次阅读。

我创造大地,用我的血管丈量边际
我用惊雷勾画它的诸天
我用闪电为它装点
它的边界是雷霆和波浪
它的旌旗是眼帘

这过目难忘的诗句，显然是被我错过了的。一个用惊雷、闪电、波浪和旌旗创造大地的诗人，要把希望和绝望一起超越，自然不在话下。

我把书签掖进这诗句深处，没有再让它冒出一头。

我把杂志放回原处。我发现它的身上也有灰尘，但我已经打算不管它了。

接下来，我用软纸把《万火归一》小心地擦拭了一遍。

我突然有了一丝惆怅，一丝忐忑。

胡利奥·科塔萨尔和阿多尼斯，两个不同国度的文学巨子，以一本书和一张书签的身份邂逅，却让我把他们分开了。

我的地理知识非常有限，要借助世界地图才会知道，阿根廷和叙利亚相隔多远。我却知道，胡利奥·科塔萨尔已经在二十世纪八十年代辞世，而阿多尼斯还健旺地活着。他们却都早就化身文字，埋伏在我的书房里。

我赶紧从刚刚放回原处的杂志中把书签取出来，让它重回《万火归一》，并且让它冒出一头。我还用一片软纸把那本杂志也擦拭了一遍，才把它放了回去。

这张书签，让《万火归一》邂逅了另外一本《万火归一》，也让《世界文学》邂逅了另外一本《世界文学》。

这张书签，让我邂逅了阿多尼斯，也好像邂逅了另外一个自己。

这些，都缘于它上面那一绺不足韭菜叶宽的灰尘。

事实上，这一次阅读从灰尘就开始了。现在，灰尘好像已经散尽，我来到了一个岔口，不知道是先上高速，还是先上岛屿。

天已黑定，一片灯海正在窗外缓缓上升。我不知道，除了血管，除了波浪，还可以用什么丈量灯海的边际。但我知道，随时都会有灯火灭掉，并且，随时都会有灯火加入进来。

没错，万火归一。

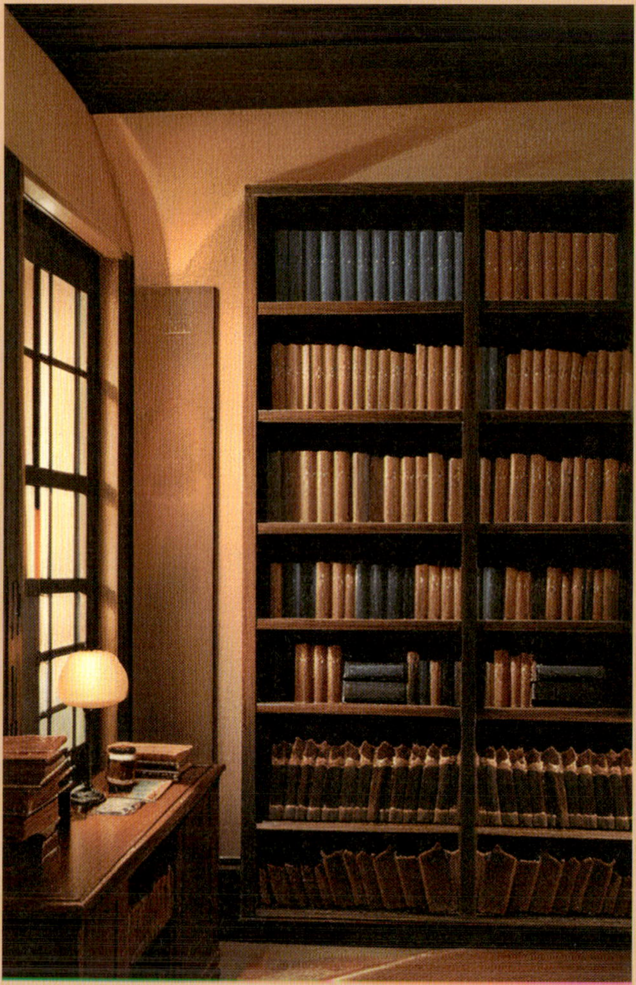

上下左右的对话

我手边的诺贝尔文学奖获奖作品渐渐多起来,但我更愿意不断地重读《百年孤独》和《小丑之见》,直到阿尔贝·加缪的《局外人》让我深深折服。加缪是法国作家,他获诺贝尔文学奖的时间是1957年,比马尔克斯和伯尔都早。

1980年3月,我不满十八岁,开始在川北乡下任教。八十年代刚刚开启,我的文学之梦也刚刚开启。我用微薄的工资订阅文学报刊,因为偏僻的乡下没有阅览室,也买不到书,报刊成了最容易到手的文学。时光荏苒,五年过去,我竟然在县城书店买到了《百年孤独》。我在它的扉页上标注了购书时间,1985年1月27日,距它出版才三个月。我已经在两年前从报刊上知道了加西亚·马尔克斯这个名字,他于1982年获得了诺贝尔文学奖。我却是只读了两三页,就把那本名噪一时的书丢下了,认定马尔克斯是一个"飞"的作家,而我需要的是如何才能够"爬"起来。书尾的标注告诉我,我第一次读完它的时间是1989年2月13日。我至今记得,当时,我一边读一边懊恼不已,如此伟大的作品竟让我耽搁了四年。我是说,我等到马尔克斯,一来二去,差不多稀里糊涂费了将近十年工夫,也就是差不多费掉了我的八十年代。

这中间,另有一个诺贝尔文学奖作家穿插进来,他就是德国的海因里希·伯尔,其获奖时间是1972年。我在1986年初去了一趟成都,在书店买到了他的代表作《小丑之见》,却又不知为什么,两年半过去,书尾仍有标注为证，直到1988年8月19日，我才读完了它。

读过《小丑之见》，半年以后，我才开读《百年孤独》，尽管我买回后者的时间早于前者几个月。

读过《百年孤独》，半年以后，我离开乡下进入城市。

此后，我手边的诺贝尔文学奖获奖作品渐渐多起来，但我更愿意不断地重读《百年孤独》和《小丑之见》，直到阿尔贝·加缪的《局外人》让我深深折服。加缪是法国作家，他获诺贝尔文学奖的时间是1957年，比马尔克斯和伯尔都早。

马尔克斯、伯尔、加缪，应该就是影响我最大的三位诺贝尔文学奖获奖作家。

马尔克斯之《百年孤独》

"这是未经驯化的时间，已经没有必要把它分成月和年，也没有必要再把昼夜分成小时了，因为人们除了静看下雨外什么事情也做不了。"当年，我在《百年孤独》里的这段话下面画上了横线。今天，我把这段话略作改动，正好用来表述我在当年阅读这部书时的情形：

我除了看《百年孤独》，什么事情也不想做了。

1989年春节一过，我不知接受了什么指引或者启示，再次捧起了这部愈来愈热的长篇小说，这部"拉丁美洲魔幻现实主义文学的代表作"。一年以前，我已经在《青年作家》杂志1987年6期发表小说处女作，大概有了一点膨胀，觉得自己可以"飞"了。我重新从"许多年之后"开读，很快地，感觉真的飞起来了，凭着一张被单，或者仅仅凭着一股风。那会儿，我并不在意那个"魔幻"，因为那离我依然过于遥远而不切合实际。我是说，《百年孤独》最初对我的影响，并不是什么"文学爆炸"，什么"魔幻现实主义"，什么"变幻想为现实而不失为真"的原则。我画下横线的另一段话，大概能从侧面说明我当时的阅读状态："他们就这样在一种难以把握的现实中生活着，这现实暂时被文字挽留着，可是一旦人们忘记了文字的意义，它就会逃走，谁也奈何它不得。"没错，我好像随时都会从那个别人的世界里逃走，却又一再被一种神秘的力量挽留下来，眼睁睁看着自己的狭隘、渺小和无助。我是被一种庞大的气象镇住了，那气象是那样陌生，却又是那样熟悉。小说中布恩地亚家族害怕陷入孤独的泥淖，却又渴望保持孤独的姿态，这样的矛盾也和我的阅读状态相似：我好像随时都会丢下它，但是，我已经和它难舍难分。

今天，我翻阅了当初我在这本书上画下横线的所有地方，发现有一处我一直未曾忘记："这张名单可以概述二十年的战争风云，人们借助它可以重温上校的夜间行军线路。"这是上校的十七个儿子同时从四面八方来到马贡多家中，完善了一张花名册之后，马尔克斯为此所做的一个总结。"他们在家逗留的三天中，折腾得像发生了战争似的。"我已经知道，那些未经商量一同前来的模样不同、肤色各异的儿子，正是战争给上校那些胜利之夜的奖赏。马尔克斯以其巨笔绘制了一纸表格，让落入其间的那些文字，也完成了番号鲜明的一次集团行军。

"好像一个厨房拖着一个村庄。"这句画下横线的话却已经淡出记忆。它是写火车的一句话，从一个妇女嘴里说出来。我重读此处，一下子想起了前面那十七个人，他们那是拖着十七个战场来到了马贡多。

回想那一场阅读，我当时好像被人从村庄拖到了战场，仓皇四顾，孤立无援。我由包括《小丑之见》在内的阅读而建立起来的那点自信，被来自拉丁美洲炮火的弹片击中。我成了一个伤兵,好像连继续向前"爬"的力气都没有了。

2004年2月,我的第一部长篇小说即将出版,我第二次阅读了《百年孤独》。十五年过去,我才第一次看见了,它"汇集了不可思议的奇迹和触目惊心的现实"(诺贝尔文学奖授奖辞),如此令人惊讶。同时,我也知道了,此前尽管我只矛盾重重地阅读过一遍,它却已经给了我那么大的影响。我在十五年间写下的那些文字,里面好像也有"奇迹"的蛛丝马迹,至少"现实"一定是有的,尽管并没有什么震撼发生。还有,马尔克斯写《百年孤独》的初衷让我产生了同感,我也有"为童年时代所经历的全部体验寻找一个完美无缺的文学归宿"的野心。

马尔克斯说,为了写《百年孤独》,他以《枯枝败叶》《没有人给他写信的上校》等作品进行练笔,酝酿了整整十八年。如此说来,我阅读这部作品,酝酿了整整二十年。那以后,我拥有了它的新译本,我又读过一遍。它在我面前矗立起一座直入云天的高峰,让我知道,在文学这条道路上,除了拜倒在它的脚下,别无前途可言。它在我心里激起的那些穷究和追索的欲望,就像饱满而丰富的种子，一年四季都在发芽。马尔克斯，他就像他在《百年孤独》开头所写的那个拖着两块磁铁行走的吉卜赛人，而我是铁锅、铁盆、铁钳、小铁炉、铁钉和螺钉中的任意一个，跟在后面满地乱滚。

没错，我花了二十年时间，完成了由"爬"到"滚"。

无论是"爬"还是"滚"，马尔克斯都在我的前面，而不是在上空。我的意思是说，马尔克斯也并没有在天上"飞"，他属于大地，属于这个星球。不过，他能够让天空变成大地，让大地变成天空。还有，他能够让现实变成传说，让传说变成现实。他以一个家族七代人的传奇，以一个小镇的百年兴衰，以神话传说、民间故事和宗教典故的糅合，以现实与虚幻的交织，勾勒出一个瑰丽的想象世界，从而展现出拉丁美洲一个世纪以来风云激荡的历史。他翻手为云，覆手为雨，挥霍着大把大把的想象，也释放出大把大把的现实。他就像他笔下的人物一样，拥有了"过去只属于上帝的威力"，"居然改变了降雨规律，加快了庄稼的周期"。而我，只不过是一棵弱苗，大概禁不住这样的倾盆大雨，生长的周期或许有了些许加快，却一直不见有什么良好的长势。

孤独，是布恩地亚家族的家徽。如今，被誉为"二十世纪文学标杆"的马尔克斯已经离开了这个世界，他那"孤独"的声音却一刻也没有消失，他那"孤独"的故事却一再从头说起："许多年之后，面对行刑队，奥雷良诺·布恩地亚上校将会回想起，他父亲带他去见识冰块的那个遥远的下午……"

《百年孤独》从冰块中开始，在飓风中结束。我相信，我无论在什么时候打开这本书，我的阅读依然会是从飓风中开始，却一定不会在冰块中结束。这本书一直高热不退，但嵌在它开头的那个冰块永远都不会融化，一点一滴都不会。

伯尔之《小丑之见》

我之所以回过头再来说《小丑之见》，是因为，我要借用一下它那把故事从后面向前倒叙的手法，而这也是《百年孤独》的手法。伯尔的这部代表作，它跟随我从乡下进入城市，在两三年时间里，我出差在外一般都会带着它，碎片式地读着它。我现在感到奇怪的是，我在二十世纪九十年代如此膜拜《小丑之见》，如此着迷伯尔的"对时代广阔的透视和塑造人物的细腻技巧"（诺贝尔文学奖授奖辞），却没有读过他别的作品，比如《莱尼和他们》。至今，我都没有他的第二本书。

伯尔出生在一个雕刻匠之家，当过兵，受过伤，当过俘虏，与我的经历毫不沾边，但不知为什么，我觉得我从他那儿获得的创作自信，比任何一个有着乡村经验的作家给我的都要多。我在经受了《百年孤独》的轰炸之后，重新对《小丑之见》开始零零碎碎的阅读，针针线线，缝缝补补，自认为拥有了一件可以遮掩一下阅读之寒碜的外衣。这本书第一页上有这样一段话："我有一个节目叫作《到达和出发》，这是一出几乎太长的哑剧，观众直到终场也搞不清到底什么是到达，什么是出发。"而我要说的是：《小丑之见》这本不太长的小说，不到读完就会清楚，就文学之见而言，谁是小人物谁是大人物。还有，我已经结束了"爬"，并且已经出发，一直"走"在通往伯尔的路上，只是不知何时能够到达。

这部以第一人称叙述的小说中的那个"我"，名叫汉斯·施尼尔，父亲是煤矿大老板，家庭相当富裕。汉斯却觉得他所处的环境既虚伪又庸俗，不愿顺从，不堪忍受，因此闹得众叛亲离，成了众矢之的，二十一岁时离家出走当了一名丑角演员。他没有正式结婚就同玛丽一起生活，后来玛丽同一个有钱有势的人结了婚。六年以后，汉斯身体受伤并且失去工作，他回到波恩，打遍亲人和朋友的电话，结果是没有一个人愿意借钱给他。他走投无路，戴上小丑面具，背起吉他，到火车站广场卖唱，玛丽却在这时度蜜月归来。汉斯并没有做错什么，却失去了一切。如果他愿意妥协一次，他的遭遇都有可能被改写，可是他只选择了做他自己，结果就只剩下"我"了。小说将全部情节归拢在这个晚上的三个小时之内，将"我"的独白、电话交谈、回忆等组织在一起。"我"独自活在现实里，藏在小丑的面具之下，却撕开了一个又一个面具。从而，这个"我"，汉斯，也成了西德战后"经济奇迹"中小人物的典型。

这部小说忠实地彰显了伯尔的文学主张，干预生活，改变现实。一方面，它遵循旧有的现实主义传统，用笔尖直斥复杂而严峻的社会生活；另一方面，它轻松绕开传统小说的故事性套路，不时踏入现代派的某些蹊径，时空概念颠倒跳跃，叙述角度穿梭变动，直接用内心独白展示人物的情感世界。我一度迷醉于伯尔的述说，比如汉斯通过电话线能够嗅到几公里之外的女人身上好闻的味道，就曾经让我津津乐道。他笔下这样的并不真实却带有某种象征意味的细节，就像一根根神奇的电话线，让我听到了心脏在远方跳动的嘟嘟声，也让我听到了文字在大地行走直至在天空飞翔的呼呼声。他从心里释放的丝丝缕缕，缠缠绕绕地将整个世界串联起来，或者把整个世界牵引到我们的面前。他的叙述抵达现实的形态，并不是短兵相接，并不是强拉硬拽，看上去有些摇摇摆摆，甚至有些拖泥带水。所以，当我发现那些现实的泥水正在将我裹挟时，我已经不能自拔，甚至甘愿被它吞没。那种憋着一口气下沉的感受，对于需要从困厄中挣脱出来的一个写作者来说，应该是正预备着勇气或者力量的诞生。

今天看来，《小丑之见》让我增长的见识，让我增添的信心，如同恰到好处的雨水，正适合了我的拔节。依着它洞幽烛微的视角，我好像能够看到，雨珠如何从我的顶部一颗一颗滑落，浸入我的根部，正在让我舒枝展叶。由此，渐渐地，我觉得自己向上冒出了一头，除了看得见天空，也大致能够看得清别的庄稼的高低错落。我既能嗅到身边的味道，好像也能嗅到远处的味道。伯尔为我打开的，不是城市，而是田野，让我置身于蓬蓬勃勃的气息之中。我从他那儿获得更多的，也好像不是现实，而是浪漫，让我有了浪漫地与现实纠缠的耐心。他让我看到的好像也不是一个小丑的三小时，而是让一个花样不断翻新的演员为我表演了三十年，以至终生。

我还要说的是，《小丑之见》轻盈的体量，竟然也成了我打量长篇小说的一根标杆。它只有十七万字，介于十五到二十万字之间，这至今仍是我心中长篇小说篇幅的黄金分割线。这或许可以成为我没有接着扩大阅读伯尔的一个勉强的理由，我大概是怕他的另一个"大部头"修改了我已经认定的那个尺码。时代在飞速发展，阅读也在为之不断调整，长篇小说在今天究竟应该选择一个什么样的长度，众说纷纭，莫衷一是，想必不会有一个标准答案。我只敢说，我更喜欢那些举重若轻的作品。不用说，一本体量轻盈的小说，一样能够让我们感受到文学世界的盛大和浩瀚。比如，塞林格的《麦田里的守望者》只有十六万字，施林克的《朗读者》只有十五万字。还有，加缪的《鼠疫》也没有超过二十万字，他的《局外人》则不足六万字。

加缪之《局外人》

二十一世纪就要到来的时候，我已经在成都生活两年，才终于读到了加缪。这位法国作家四十四岁获得诺贝尔文学奖，在我出生前两年就因车祸去世，享年四十七岁。他在三十岁前写下的名著《局外人》，让我读过之后神思恍惚，只好立即重读一遍。

加缪在贫困的环境中长大，后因患病而中途辍学，他的这点经历让我对他有了某种亲近之感。他在《局外人》中描绘的那个让人身不由己、孤立无援的世界，好像也并不是那么陌生。他是存在主义文学大师，"通过一个存在主义者对世界荒诞性的透视，形象地体现了现代人的道德良知"（诺贝尔文学奖授奖辞）。我却并不是来向他学习哲学的，什么"世界是荒谬的"，什么"现实本身是不可认识的"，我都可以统统不管不顾。但是，我并没有拿自己当了《局外人》的"局外人"，我都不知已经读过它多少遍。那么，这个中篇略长、长篇略短的作品，是靠什么让我五体投地的呢？

我好像是沿着一条平淡的小路进入到主人公莫尔索的世界中去的。最初，我看到的仅是一个不孝之子的身影，他对母亲的去世都漫不经心，无动于衷。接下来，我看到了他那冷淡漠然的面容，麻木不仁的内心。直到他杀了人，他还是那样对即将降临到自己头上的死亡不惊不诧，一副不紧不慢的模样。莫尔索，他既不是傻子也不是白痴，他就这样把自己当成了一个荒诞世界的局外人。

加缪曾经这样概括《局外人》的主题："在我们的社会里，任何在母亲下葬时不哭的人都有被判死刑的危险。"他这是在用一个并不严谨的逻辑，把一个严峻的逻辑包裹了起来，那就是，任何不遵守社会基本法则的人都将受到惩罚。换句话说，一个人，只要他将自己视为社会的局外人，就必然会被社会遗弃。没错，这部小说向我们展示的是人与世界的关系，如果细说起来，应该包括人与太阳的关系在内。我们从旁观者的立场来看，莫尔索杀人其实是出于防卫，只不过他"因为太阳"而判断失误，使合理合法大打折扣。"那太阳和我安葬妈妈那天的太阳一样"，"我只觉得铙钹似的太阳扣在我的头上，那把刀刺眼的刀锋总是隐隐约约地对着我"。太阳的热量和重量一齐加在了"我"的头上，于是，"我"，莫尔索，向人开枪了。

《局外人》，就这样让我豁然开朗：世界即使并不荒诞，太阳也可以成为铙钹一样的道具，甚至可以成为面团一样的道具。2016年获得诺贝尔文学奖的鲍勃·迪伦说："有些人能感受雨，而其他人则只是被淋湿。"依此类推，有些人能感受太阳，而其他人则只是被照晒。那么，莫尔索只是被照晒着，而加缪才是感受太阳的那个人。在行将杀人的氛围里，加缪也一刻没有忘记太阳，理性十足。他的理智，他的克制，他的不动声色，他的从容不迫，让我们有理由推断他是一个谨严而周致的作家。但是，我们从他的文字中却读出了逻辑的并不连贯，矛盾四处浮现。我们知道了，用一片刺目的阳光来布置黑暗，或者用一片沉重的夜色来揭示光明，这正是加缪的修辞。如此隐含二元对立的主题，不断提示或促使我们发出追问：这究竟是一个什么样的世界？

"我体验到这个世界如此像我，如此友爱，我觉得我过去曾经是幸福的，我现在仍然是幸福的。为了把一切都做得完善，为了使我感到不那么孤独，我还希望处决我的那一天有很多人来观看，希望他们对我报以仇恨的喊叫声。"这是《局外人》最后几句话。拒领诺贝尔文学奖的存在主义大师萨特这样评价它："当我们读完这部杰作时,我们不可能会认为还有别的结局。"它的结尾是一个很长的段落,我曾试图把它背诵下来。可是,每次到了"这时,长夜将尽,汽笛叫了起来"那个地方,我就有些神思恍惚,不想接上"它宣告有些人踏上旅途,要去一个从此和我无关痛痒的世界"。我终于发现,我需要的不是一个结尾,而是一个从头再来。

加缪颜值很高,有着一张忧郁而干净的面孔,一副清澈而调皮的眼神。现在,我时常会想起他,却并没有再去读他的作品,而只是翻找出他留在人世间的那些照片,和他打一个照面,和他的眼神对视一下,就好像把他的《局外人》又读了一遍,连同他的《鼠疫》。我从他的照片上也能读到他的文笔,简洁、明快、雅致而纯正。那些好像用清水洗过没有一点杂质的句子,那些好像用剪刀修过没有多余枝蔓的细节,看上去都平淡无奇,组合在一起却让人惊心动魄。他语言的这个风貌,和他那让人过目难忘的面容叠映一起,却也让人眼花缭乱。

"不要走在我后面,因为我可能不会引路;不要走在我前面,因为我可能不会跟随;请走在我身边,做我的朋友。"我却并不能听从加缪留下的这一番话。我既不能走在他前面,也不能冒失地和他做了朋友。在我心里,他并没有车毁人亡,并没有英年早逝,一直走在我前面为我引路。

事实上,除了加缪,除了马尔克斯和伯尔,还有罗曼·罗兰、海明威、福克纳、川端康成、辛格、帕斯捷尔纳克、库切、萨拉马戈等诺贝尔文学奖获奖作家,他们也一直在前面为我引路。在诺贝尔文学奖之外,这样让我跟上去"走在身边"的作家就更多了。他们一直在喋喋不休地说话,我无论是"爬"还是"走",都能听见那些声音,不分上下左右。我常常会在心里说上几句,有时候也会自言自语,和他们对一对话。